la última casa
the last house

Editorial Gustavo Gili, SA

08029 Barcelona Rosselló, 87-89. Tel. 93 322 8161
México, Naucalpan 53050 Valle de Bravo, 21. Tel. 560 60 11

la última casa
the last house

mónica gili (ed.)

GG®

Hay tumbas que en silencio hablan del mundo.
There are tombs that speak in silence of the world.

R.M.Rilke

La idea de monumento que quiero traer a colación es aquélla que podemos encontrar en un objeto arquitectónico que, siendo ciertamente una apertura, una ventana a una realidad más intensa, al mismo tiempo su representación se produce como el aleteo de la música de la campana que queda después de sonar; como aquello que se constituye sólo en residuo, en recuerdo.
The idea of monument that I want to bring in here is that which we might find in an architectonic object: for all its being an opening, a window on a more intense reality, at the same time its representation is produced as a vestige, as the tremulous clangor of the bell that reverberates after it has ceased to ring; as that which is constituted as pure residuum, as recollection.

Ignasi de Solà-Morales
Diferencias. Topografía de la arquitectura contemporánea,
Editorial Gustavo Gili, SA, Barcelona, 1995
Differences: Topographies of Contemporary Architecture,
'Writing Architecture Series', MIT, Boston, 1995

202. Deberíamos reinstaurar el culto a los muertos. Esta medida puede parecer anticuada para una época que trata a la muerte con tanta ocultación, con tanto disimulo, con tanta conciencia de su inutilidad. Con tanto miedo, en suma. Pero si se medita bien se comprenderá que es una necesidad perfectamente actual. No podemos permitirnos el suicidio de cortar las venas por las que circula *la sangre de la memoria*. Deberíamos honrar a los muertos. No tanto por ellos sino por nosotros.
202. We ought to reestablish the cult of the dead. Such a step may seem old-fashioned for an era that treats death with so much secrecy, so much dissimulation, so much awareness of its uselessness. With so much fear, in short. But if we think about it, we will understand that it is a real necessity today. We cannot let suicide cut the veins through which *the blood of memory* circulates. We ought to honor the dead. Not so much for them but for us.

Rafael Argullol
El cazador de instantes. Cuaderno de travesía 1990-1995,
Editorial Destino, Barcelona, 1996

Agradecimientos **Acknowledgments**

Son muchas las personas que me han ayudado en el proceso de recopilación del material aquí reunido. Sin sus sugerencias, información, compañía (durante mis visitas a varios cementerios), disponibilidad (para visitar cementerios y fotografiar tumbas a petición mía) y ayuda este libro no habría sido posible.
Many people have helped me in the compilation of the material presented here. Without their suggestions, information, company (during my visits to various cemeteries), availability (to visit cemeteries and photograph tombs at my request) and help this book would not have been possible.

Gracias a **Many thanks to:**
Yoshiko Amiya/Arata Isozaki & Associates, Rosa Amorós, Ana Angulo, Douglas Annan/The Annan Gallery, Antonio Armesto, Lohania J. Aruca, Lenita Björk/Swedish Museum of Architecture, Linda Bogerts/Musée Horta, Anne Monique Bonadei, Dr. Christian Brandstätter, Lanfredo Castelletti/Musei Civici Como, Eulalia Coma, Wim Cuyvers, Edoarda de Ponti/studio Gardella, Patricia Douglas/Charles Rennie Mackintosh Society, Claes Dymling, Arch.Elena Fontana/Archivio Giuseppe Terragni, Erica Fox-Gehrig, Gustau Gili Galfetti, Gustavo Gili Torra, Kristian Gullichsen, Sabine Hartmann/bauhaus archiv, Carmen Hernández Bordas, Mia Hipeli/Alvar Aalto Foundation, Thomas Jung/Atelier Christoph Fischer, Mathias Klotz, Peter Krecic, Cathy Leff/The Journal of Decorative and Propaganda Arts, Salvatore Licitra/Archivio Gio Ponti, Nicolas Monti, Auli Patjas/Pohjois-Karjalan Museo, Quim Padró, Ian Paterson, Paola Pellandini/studio Botta, Arch. Attilio Pizzigoni, Elena Pujol, David Sánchez/Atelier Christoph Fischer, Elina Standertskjöld/Museum of Finnish Architecture, Yuichi Suzuki, Evelyne Trehin/Fondation Le Corbusier, Dr. Wilfried Vas, Christopher Watson, Volker Welter/University of Strathclyde, Dr. Ing. K.-J. Winkler/Bauhaus-Universität Weimar, Dr.Christian Wolsdorff/bauhaus archiv, Anatxu Zabalbeascoa.

Asimismo, agradezco su colaboración y paciencia a todos los arquitectos, instituciones y fotógrafos.
I would also like to thank all the architects, institutions and photographers for their patience and support.

Nota **Note**

Este libro, como toda selección, es incompleto y subjetivo. Es una recopilación de ejemplos sobre un aspecto parcial y peculiar de la arquitectura funeraria del siglo xx. Desde el principio, dado el número de páginas disponibles y la falta de bibliografía sobre el tema, se decidió incluir solamente tumbas diseñadas por arquitectos. Se descartaron las tumbas anónimas, los cementerios y los memoriales o monumentos a la memoria de alguien o de algun hecho histórico relacionado con la muerte.
This book, as with any selection, is both subjective and incomplete. It is a compilation of examples about a partial and particular aspect of 20th-century funerary architecture. Partly due to lack of space, and partly to its being considered an undervalued subject at the bibliographic level, it was decided from the very start to include only those tombs designed by architects. Anonymous tombs were ruled out, as were cemeteries and commemorative works or monuments to the memory of a person or an historical event having to do with death.

Traducción al ingles **English Translation**: Paul Hammond

© Editorial Gustavo Gili, SA, Barcelona 1999

Printed in Spain
ISBN: 84-252-1734-2
Depósito legal: B. 1.541-1999
Fotomecánica: ScanGou
Impresión: Ingoprint, SA. Barcelona

Índice
Contents

La casa y los muertos
(sobre tumbas modernas)

Pedro Azara

Architecture d'après l'architecture
Gio Ponti

Bien sé que suelo en ella no se halla,
y que ninguno puede vadealla,
aunque es de noche.
Su claridad nunca es escurecida,
y sé que toda luz de ella es venida,
aunque es de noche.
San Juan de la Cruz

El clásico estudio de Panofsky sobre la estatuaria funeraria concluye con un comentario desalentador acerca de las soluciones formales que la modernidad ha dado al tema del arte tumbal (la casa de los muertos).

Mientras que de entre las siete maravillas del mundo destacaban sobremanera dos tumbas monumentales (las pirámides de Gizeh y el mausoleo helenístico de Halicarnaso), Panofsky, al igual que Ariès, opinaba que, después de Bernini, y en parte debido a los logros del arquitecto italiano, que separó la experiencia subjetiva del ritual presubjetivo, la estatuaria funeraria, y el arte religioso en general, tienen los días contados.

"Las tumbas modernas —dijo Henry James— son un asunto que provoca escepticismo [...]. Los escultores antiguos nos han dejado sin nada que decir acerca del gran, del último contraste". Percibimos, en ocasiones, un toque de originalidad, de grandeza incluso, en las obras de Antonio Cánova o en las del admirable *tumbaruis* sueco, Johan Tobias Sergel, cuyos no tan célebres monumentos funerarios son tan remarcables e imaginativos como su merecidamente famoso cenotafio dedicado a Descartes, donde la antigua idea que afirma que "el universo está regido por la Muerte" se transforma en el triunfante "el universo está iluminado por el genio". En general, sin embargo, todos los que han venido después de Bernini se han encontrado ante un dilema —o, mejor dicho, un "trilema"—: optar por la pomposidad, el sentimentalismo o un arcaísmo deliberado. Quien intente escribir la historia del arte de los siglos XVIII, XIX y XX, debe buscar el material fuera de las iglesias y los cementerios.

¿Qué pensar de este juicio?
La ausencia de monografías sobre tumbas modernas y el hecho de que los arquitectos actuales no suelan mencionar, o no quieran destacar, las tumbas y los panteones que han construido —ya sea por pudor, pues la muerte inquieta siempre o no es de caballeros, o porque consideran que se trata de obras menores o indignas— podría corroborar el juicio de Panofsky. La mayoría de las historias de la arquitectura moderna ya no cuentan con el arte funerario. Apenas destacan las aportaciones de Asplund, Scarpa y Rossi.

Cabe preguntarse si este olvido o menosprecio no es injustificado, y si el arte tumbal no enriquece o ilumina, quizá desde otro ámbito —el otro ámbito—, el arte y la arquitectura modernas.

Antes bien, nos hallamos ante una situación muy distinta cuando nos enfrentamos al arte del pasado remoto. Visitar un museo de arte antiguo, de arqueología, implica recorrer salas silenciosas y llenas, en la mayoría de los casos, de pinturas sobre tabla, de hieráticas estatuas ensimismadas o con la vista fija en la lejanía, de estelas y relieves, vasijas, muebles, telas, bronces y joyas de oro minuciosamente cinceladas que cubrían el cuerpo del difunto. Se trata de enseres y de objetos de arte sacados de tumbas hasta entonces invioladas, y que son objetos sagrados de cuyo influjo, quien sabe si activo y poderoso todavía, nos protegen las vitrinas o los expositores herméticamente sellados —o creemos que nos protegen, pues aún guardados en urnas de cristal, no dejan de ser ídolos y amuletos de inquietante presencia, como bien percibió Genet ante una estatuilla egipcia en el museo del Louvre, ante la que afirmó: "se trataba realmente de un dios. El dios de lo inexorable... Tenía miedo porque se trataba, sin que cupiera error alguno, de un dios".

Así pues, los actuales museos de arte antiguo y de arqueología son los depositarios de las ofrendas que los vivos colocaban tanto para satisfacer y honrar a sus muertos como para mantenerlos a distancia. El conjunto de sus salas se asemeja a la intrincada red de galerías que recorren el interior de un mausoleo.

El ajuar funerario nos desvela cómo vivían los hombres del pasado, al tiempo que la propia organización espacial de la tumba refleja con claridad la concepción que se tenía del hogar de los vivos. Lo que sabemos de la vida remota procede siempre de la tierra. Sólo la tumba, la casa para las almas, nos muestra cómo era la casa de los vivos. En efecto, si no fuera por los conjuntos de tumbas circulares etruscas, cuya distribución interior, con base en cámaras y estancias para simposios alegradas por frescos de vivos colores, reproduce a la perfección la estructura de las grandes cabañas de los jefes de la tribu, y cuyas cúpulas redondeadas "embarazan en silencio la llanura del mar cercano" (según unos hermosos versos de Calderón) al norte de Roma, poco o nada sabríamos del primitivo hábitat prerromano. El mismo sarcófago antiguo reproducía en piedra la forma perecedera de una casa o un palacio; aunque también es posible que la relación entre la casa y la tumba —el modelo y su imagen— fuese la inversa, y que las casas de los vivos se hubieran edificado siguiendo el modelo instaurado por las tumbas —o por la primigenia tumba del fundador— quizá para obtener viviendas para la eternidad u hogares dignos de reyes, de seres inmortales.

La misma arquitectura arcaica que ha perdurado hasta nuestros días se compone únicamente de tumbas. En un principio, la piedra sólo se empleó en la construcción de las tumbas. Las casas, por el contrario, eran frágiles montículos de adobe. Los templos y los palacios más sólidos han sido devorados por la arena de los desiertos desde hace milenios. Por el contrario, las pirámides o las mastabas de muros de piedra macizos e inclinados —que eran, a la vez, tumbas gigantescas de reyes y héroes que emergían de la arena informe, y escaleras que ayudaban a que las almas ascendieran al cielo, y cuyo perfil, afilado y vertical, aún une la tierra con el cielo— nos revelan con nitidez cuál era la concepción antigua de la arquitectura.

Ciertamente, hay que reconocer que los zigurats mesopotámicos, semejantes a las pirámides egipcias, no eran tumbas, pero tampoco habían sido edificados para los humanos. Cuando en medio de la llanura polvorienta del Eúfrates —batida por los súbitos diluvios que ensombrecen el cielo o por los fríos vientos invernales que vienen de Anatolia— se levanta la forma perfecta de un túmulo de planta circular, paredes rectas y cubierta plana o en forma de cúpula (como una colina trazada con compás), y que contiene, no cabe duda, los restos de un jefe guerrero y de sus sirvientes, sabemos que aquel lugar —por inhóspito y desolado, por árido que nos pueda hoy parecer—, fue habitado un día y fue escogido por un hombre para ser enterrado, para que esta colina sea su última morada.

Saqqara es la única ciudad de la antigüedad remota que se conserva casi íntegramente. A lo lejos se divisan unas murallas altas y blancas —construidas sobre las escarpadas laderas que se yerguen abruptamente sobre el Nilo—, que se destacan por encima de un palmeral, dibujando un perímetro rectangular perfecto, con sus puertas monumentales, calles enlosadas a la sombra de unos pórticos, almacenes, graneros y viviendas de sillares de piedra. Pero Saqquara, la ciudad blanca de los antiguos, no era una ciudad habitada por seres de carne y hueso, sino por almas, o por una única alma. Era la necrópolis resplandeciente que el gran arquitecto y médico Imhopeh construyó para el faraón Djoser, hace seis mil años, a imagen de Menfis, la ciudad de los vivos, la cual hace milenios que ha desaparecido.

Así pues, los muertos hablan de los vivos. La misma ciudad de Petra —con unos edificios cuyas fachadas, clásicamente compuestas y talladas en la roca veteada de rojo, púrpura y azul, que arden como las llamas durante la puesta del sol, se mantienen intactas y nos informan sobre la arquitectura romana— es una ciudad de los muertos. Hay que precisar que el paso de la vida a la muerte se simboliza a menudo con una fachada —fachada que recuerda un telón de escenario, lo cual es justo: el infierno y el teatro son mundos poblados de sombras, fantasmas e ilusiones— que se asemeja a las de las casas de los vivos, pero que da entrada a cámaras oscuras y desnudas. Los laterales de algunos sarcófagos etruscos o romanos que contienen los restos de arquitectos o constructores están ornamentados con relieves que representan puertas monumentales entreabiertas, las cuales simbolizan tanto las puertas del Hades como las puertas de las casas o las ciudades que el difunto construyó en su día.

Calvino concluía su descripción de Eusapia de abajo —la subterránea ciudad de los muertos que los habitantes de la Eusapia visible construyeron "a semejanza de su ciudad", ciudad mortuoria que, como toda urbe verdadera, se mostraba paradójicamente pletórica de vida y de bullicio, y estaba llena de edificios y calles en construcción cuyo perfil y cuya estructura variaban constantemente— con esta aguda afirmación: "en realidad habrían sido los muertos quienes construyeron la Eusapia de arriba". Un poco más adelante, Calvino añadía: "dicen que en las dos ciudades gemelas no hay modo de saber cuáles son los vivos y cuáles son los muertos".

La arquitectura, sin embargo, parece tener más que ver con el mundo de los vivos que con el mundo de los muertos. Desde siempre, se han construido habitáculos para proteger la vida o la manifestación visible de

dioses, héroes y seres de cuerpo presente. Por esto parece extraño que la arquitectura funeraria sea la quintaesencia de la arquitectura; de hecho, se puede pensar que el gran número de tumbas que se han conservado, en comparación con los templos y palacios del Egipto faraónico que aún existen, es fruto de la casualidad.

La propia etimología de la palabra "arquitectura" sugiere la estrecha y necesaria relación entre la piedra y la vida, por extraña que ésta pueda parecer, ya que la piedra es fría como la muerte ("petrificar" significa "insensibilizar", "matar"). 'Arquitectura' es un término compuesto con dos nombres griegos: *arche* y *tecnites*.

Arche es un sustantivo creado a partir del verbo *ercho* que se traduce por "mandar": el *arche*, al que nada precede, gobierna a todo lo que le sigue. En el caso del "arquitecto", éste, un superior, manda y dirige a los demás "técnicos" que trabajan a sus órdenes, siguiendo sus pautas. Un arquitecto es, pues, un gran capataz, un mandamás y en maestro: él es a la vez, un experto y un enseñante.

Mas, originariamente, un "técnico" no era lo que es en la actualidad. Un técnico producía bienes, ciertamente, pero no recurría al empleo de métodos e instrumentos artesanales especiales, externos a él, con los que se había adiestrado previamente. Creaba de una manera muy distinta estos bienes manufacturados. La técnica no implicaba dominio alguno de la materia sometida ni posesión de un conocimiento específico. El verbo *techto* —de donde derivan los sustantivos *tecne* y *tecnites* (un *tecnites*, un obrero, es el que recurre a la *tecne* para crear u obrar), significaba "engendrar", "dar a luz". El "técnico" era el padre de sus creaciones, sus criaturas. Éstas vivían gracias a aquél. Vivían, en el doble sentido de la palabra: vivían tanto porque el arquitecto les había dado a luz como porque les proporcionaba las condiciones materiales para que la vida pudiera desarrollarse y perdurar; les proporcionaba un espacio habilitado para la ocasión, un habitáculo, un techo que las cubría. Y, en tanto que padre —y en tanto que arquitecto—, las formaba, las educaba, las edificaba, guiándolas, enseñándoles o abriéndoles un camino en el mundo salvaje. Sus creaciones dejaban el mundo indómito —en el que cohabitan los niños antes de ser educados, los primitivos y los animales— porque eran domesticadas: entraban dócil y civilizadamente en el ámbito de la *domus*, del hogar paterno. Así pues, el arquitecto las iluminaba, descorriendo la oscuridad —de la ignorancia y del opaco mundo informe— después de haberlas dado a luz y de haberlas iluminado.

Sin embargo, el hombre ha sabido desde buen principio que la luz no iba a brillar eternamente. Platón calificaba a los seres humanos con el adjetivo *ephemeroi* (efímeros), esto es, "que duraban sólo un día". La muerte era —y es— su condición, y lo que distingue a los dioses es que, justa y lógicamente, son "inmortales": la muerte no va con ellos, ni ellos caminan hacia la muerte. La muerte no se los lleva, hurtándolos de nuestra vista. Una persona se muere cuando su vida —que es luz— se apaga: cuando se le nubla la vista, cuando entra en el mundo tenebroso, cuando desaparece de nuestra vista, según las conocidas metáforas homéricas, o cuando porta una antorcha invertida, que no puede permanecer encendida (desde la antigüedad, emblema de la muerte y de su personificación). Mas la tarea del arquitecto se opone a la

muerte. Suyo es el esfuerzo para que la luz brille el mayor tiempo posible. De modo que el arquitecto ha tenido que construir espacios en los que el difunto se pueda sentir (como) en vida y en los que, por tanto, no note demasiado el profundo tajo que la muerte provoca cuando siega la vida: espacios que intentan impedir que el hombre se esfume y desaparezca para siempre, atrapado por la noche y el olvido. Las tumbas más hermosas han sido encargadas por amantes en homenaje eterno a sus seres amados: desde el cenotafio que la reina helenística Artemisia dedicó a Mausolo, rey de Caria, y el Taj Mahjal, hasta la delicada tumba —una sencilla losa apenas animada por un diminuto túmulo que parece un templo en miniatura, una urna funeraria en forma de edificio, una casa del alma— que Le Corbusier construyó para él y su mujer, y que constituye una pequeña obra maestra, en la que la teoría ha dejado paso a la emoción, y en la que la casa ha dejado de ser una máquina para ser al fin un hogar, el hogar del fin. Polvo serán, mas polvo enamorado...

No es casual, entonces, que, en la Grecia antigua, las mismas palabras que nombraban a la casa, nombraran también a la tumba. Como escribió Herodoto en una frase que ha hecho fortuna —y que es aplicable cuando menos al mundo egipcio—, la casa que el hombre habita es temporal toda vez que la verdadera, a cuya construcción dedica toda su vida, es la última morada. Ésta es entendida, al mismo tiempo, como morada del alma o del cuerpo transfigurado, como cárcel del cuerpo (pero el cuerpo —en griego, *soma*—, según las religiones y las filosofías místicas griegas antiguas, era ya la cárcel —*sema*— del alma), y como frontera o puerta entre el mundo visible y el inframundo. La tumba es una cárcel, pero también un *monumentum*, es decir, un objeto que mantiene viva la "memoria" o el recuerdo de un ausente. Y, como bien sostenía Loos (próximo en esto a Herodoto), sólo los monumentos (las casas de los muertos) son arquitectura. El resto de los edificios son simples construcciones para seres efímeros, productos técnicos o de artesanía, no obras "técnicas", creaciones verdaderas, iluminadas o inspiradas.

La tumba refleja, por tanto, la concepción que el hombre tiene de la muerte; o, en realidad, nos revela aquello a lo que la muerte se enfrenta: esto es, la vida. Tanto Panofsky como Ariès han escrito estudios magistrales sobre la relación entre los sepulcros y la concepción de la vida y la muerte que ellos transmiten, desde el Egipto faraónico hasta nuestros días. Intentaré resumir sus ideas en estas páginas.

Panofsky y Ariès han interpretado la arquitectura y la estatuaria funerarias a la luz de las grandes religiones politeístas y monoteístas que las han alumbrado. Y, en todas las grandes culturas, la tumba aparece como un hogar protector que defiende a los vivos de la presencia inquietante de los espectros y de las apariciones, a la vez que impide que éstos desaparezcan de la memoria de sus descendientes.

Las tumbas tienen que ser edificaciones muy antiguas. El abandono en el que yacen ayuda a precisar su imagen, pues son de otra época. Son obras de un tiempo muy antiguo, de la época de los antepasados. Cuesta pensar en un tumba acabada de construir, al tiempo que angustia evocar una tumba recién estrenada: aún resuena la primera paletada de tierra. Machado escribió: "tierra le dieron una tarde horrible del

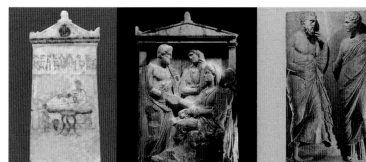

mes de julio, bajo el sol de fuego". Pues, la calma debe volver. "Y tú, sin sombra ya, duerme y reposa, larga paz a tus huesos. Definitivamente, duerme un sueño tranquilo y verdadero".

Las tumbas están cerradas para siempre a cal y canto. Son construcciones o contenedores cuyas puertas no deberían abrirse nunca. Tampoco se podrían abrir si se quisiera o se necesitara: carecen de pomos, manecillas y ojos de cerradura, así como de bisagras. Además, las puertas están perfectamente insertadas en el edificio y se confunden con los muros. Las entradas son secretas, como secretos son los seres alados que la tumba se ha llevado consigo y los tesoros que sin duda guarda a buen recaudo. Las tumbas despiertan la imaginación y ponen a prueba el valor de los jóvenes que juegan furtivamente de noche entre las lápidas. Si un ángel caído pasara... Uno se imagina unas tumbas invadidas de fantasmas, polvo y telarañas, y llenas de montañas de oro altísimas, que son inalcanzables. Hoy, todavía hay quien busca la verdadera entrada de las pirámides. Los mortales sólo entran una vez en la tumba. Descienden, y ya no salen. Una tumba abierta es una tumba violada. Su mundo es penumbroso. La luz lo hiere, como deslumbra a los seres nocturnos.

De algún modo, las tumbas son parte de las entrañas de la tierra. Hegel escribió: "en su interior se hallan cámaras y subterráneos que parecen significar los caminos que el alma recorre después de la muerte". Y así, las sepulturas forman un cosmos cerrado, vuelto sobre sí mismo, y que carece de fachada, puesto que una fachada pregona al exterior lo que hay detrás de ella e invita a entrar. Con las pirámides, decía Hegel, un reino de lo invisible se establece.

La tumba se sitúa en el umbral entre dos mundos. Se forma a partir de un agujero excavado en lo hondo de la tierra, por donde se hace desaparecer al difunto. Pero, al mismo tiempo, se señaliza su ubicación mediante algún tipo de construcción externa, como si se quisiera compensar con esta señal de advertencia el olvido al que se somete el muerto. Como imploraba el alma del difunto Elpenor a su compañero Ulises:

te suplico por aquéllos a quienes dejaste detrás de ti, tu padre, el que te nutrió de pequeño, y por Telémaco, el hijo único a quien dejaste en tu palacio [...], te pido, soberano, que te acuerdes de mí, que no te alejes dejándome sin llorar ni sepultar, no sea que me convierta para ti en una maldición de los dioses. Antes bien, entiérrame con mis armas, todas cuantas tengas, y acumula para mí un túmulo sobre la ribera del canoso mar —¡desgraciado de mí!— para que lo sepan los venideros.

"Tumba", "túmulo", "tumor" y "tumulto" son palabras que provienen de una misma raíz griega que expresa la noción de "hinchazón". Una tumba es una cierta clase de protuberancia innatural o artificial de la tierra, muy distinta de una suave ondulación del terreno. La hinchazón implica un súbito desorden causado por un agente externo. La tierra se infla debido no sólo a la presencia de un cuerpo extraño depositado en su interior sino al empuje al que la somete el aire —fermentado— del que el alma evanescente está compuesta —para los griegos, el alma está hecha de aire, de éter o de soplo, el último soplo exhalado—

que intenta ascender. Así pues, la tumba se enraiza en las profundidades de la tierra, a modo de un sepulcro cerrado a cal y canto, al tiempo que se eleva lentamente, como si hiciera de rampa o de escalera para que el alma, de noche, suba al encuentro de sus hermanas que son las estrellas en la cosmogonía egipcia. Algunas de las mayores tumbas de la antigüedad —como las tumbas del faraón Djoser en Saqqara y de Agamenón en Micenas, y los tardíos mausoleos del rey de Tracia en Halicarnaso, de Augusto y de Adriano, en Roma—, estaban coronadas por una cúpula cónica o por una pirámide escalonada en cuya cumbre se alzaba un carro majestuoso tirado por caballos alados que simbolizaba el alma victoriosa de la muerte.

El hombre cristiano moderno posee una única alma, unida al tiempo, que aparece opuesta al cuerpo matérico. El alma, henchida de luz, contiene, y simboliza los poderes mentales o espirituales del ser humano y es también el órgano que lo pone en relación con el cielo (es la imagen de dios en su interior); mientras, el cuerpo pertenece a la tierra opaca y está hecho de ella. De algún modo, el hombre se funde con la naturaleza a través del cuerpo (lo material o dionisíaco), y pierde la individualidad que su alma apolínea o luminosa le concede.

Por el contrario, los antiguos poseían, no un alma, sino varias, dispersas por todo el cuerpo (el corazón, el diafragma o los pulmones, que son los órganos relacionados con la respiración). Estas almas apenas se distinguían de fuerzas, energías e incluso sentimientos exacerbados (tales como el vigor, la cólera —*thymos*, en griego, o *fumus*, en latín, de ahí que cuando uno está furioso está que arde y echa humo—, la rabia, el deseo y la pasión, etc.), llenos de "ruido y de furia", según un célebre verso de *Macbeth*, y representaban lo que el hombre tenía en común con los demás seres vivos. Más tarde, estas almas se agruparon y formaron la platónica alma sensible o irascible, el alma inferior, sensible a los encantos del mundo visible. Era el cuerpo, cuidado y vigoroso, y no el alma inaprehensible, lo que permitía a un hombre distinguirse de los demás: por ejemplo, en el conjunto de los guerreros en cuyo seno costaba brillar. Mientras que el alma era común a todos los hombres, el cuerpo era un bien personal.

Cuando un egipcio moría, el Ka (una de las múltiples almas o espíritus que configuraban la vitalidad del ser) quedaba temporalmente suspendida. El cuerpo perdía su movilidad. Mas esta recién ganada rigidez era lo único que diferenciaba un muerto de un ser vivo. Al poco tiempo, se reencontraba con su Ka en el más allá. Como señala el gran historiador Frankfort, "morir" se decía, en Egipto, "ir a nuestro Ka": en los textos de las pirámides se llama a los muertos "amos de sus Ka" o incluso, paradójicamente, "los vivientes" ya que han traspasado la muerte y han alcanzado la vida eterna. También pueden llamarse "los Ka que están en el cielo", puesto que vivir, ya sea en el cielo o en la tierra, presupone el Ka, la fuerza vital.

Por este motivo, ya que el muerto revivía, la tumba egipcia reproducía con exactitud la casa y el entorno que el difunto disfrutaba en vida. Frescos, estatuas y reproducciones en materiales imperecederos

desdoblaban los bienes terrenales, a fin de que la vida apenas quedara interrumpida tras la muerte. La tumba, en este sentido, prolongaba el hogar hasta la eternidad. La casa, petrificada en la oscuridad de la tumba —guardada por dobles de los vivos que miraban fijamente con ojos de esfinge (y desafiaban al más allá) y con la cabeza bien alta— se proyectaba en el tiempo. Era una arquitectura concebida para superar la prueba del tiempo.

Para los griegos, por el contrario, la muerte era una losa. Cuando las Keres sanguinarias —las ancianas, ancestrales diosas del Destino—, rodeadas de serpientes, caían sobre los hombres, la luz se apagaba para siempre para éstos. La única alma que sobrevivía a la muerte, la fantasmagórica Psique, representada, como se ve en numerosas estelas de piedra, por un diminuto pájaro desvalido, iniciaba el descenso hacia el país de las sombras donde las almas, convertidas en espectros, flotaban como almas en pena, chillando como murciélagos. Como señala Vernant, morir combatiendo valiente o heroicamente era honroso, puesto que el joven guerrero sería recordado para siempre, gracias a los poemas heroicos y a una estela funeraria que mantendrían vivo su recuerdo, pero nadie le envidiaba su gris existencia en el Hades. Cuando Ulises llegó a la boca de los infiernos para invocar a las almas de sus amigos y familiares, Aquiles —o, mejor dicho, su alma, su doble anímico, una sombra que simulaba ser Aquiles— le confió amargamente: "no intentes consolarme de la muerte, noble Odiseo. Preferiría estar sobre la tierra y servir en casa de un hombre pobre, aunque no tuviera gran hacienda, que ser el soberano de todos los cadáveres, de los muertos". En efecto, "el alma —como exclamó poco después la difunta madre de Ulises— anda revoloteando como un sueño". El Hades era el frío mundo de lo invisible (de los pobladores del mundo de los sueños, indistinguibles de todas las criaturas que emanaban de la noche: espectros, fantasmas y seres de fantasía), donde la luz, que es el signo de vida, se perdía.

En Grecia, la muerte era temida porque hacía sombra a la vida. Antes bien, esta última era luminosa, inmaculada y deseable, mientras que la muerte no: como han destacado algunos antropólogos, la mácula, física y moral, y la muerte son palabras que tienen un mismo origen. Los seres vivos estaban llenos de vigor y energía y sus cuerpos visibles brillaban con el esplendor de la juventud —Apolo y Afrodita encarnaban el ideal de vida o eran sus modelos—, antes de que ésta se apagase. Por esto, sólo la vida merecía ser alabada y preservada, dando de espaldas a la muerte. Así, la tumba, en la Grecia antigua, también era una casa, pero en vez de representar la nueva morada de la que el difunto dispondría en el futuro —en la otra vida—, preservaba para siempre el añorado y frágil hogar que había ocupado en esta vida. Como ha destacado Panofsky, la tumba, en Egipto, era consecuencia de una visión prospectiva; en Grecia, por el contrario, de una mirada retrospectiva, nostálgica. En Egipto, la tumba representaba la primera morada del difunto —y era el primer hogar verdadero del que éste disponía—, al tiempo que el túmulo griego recordaba y exaltaba, por medio de unas formas esculpidas en el blanco mármol de Paros, la última casa, humilde a menudo. La tumba griega miraba hacia atrás. Cantaba las excelencias de una forma y de una visión de la vida que me-

recían perdurar y ser tenidas en cuenta. El hombre griego no quería saber nada del hogar —sombrío, sin duda, y guardado por monstruos— que el muerto debía ocupar. Cuando llegaba la hora, el egipcio, como bien muestran las estatuas, manifestaba entereza y no pestañeaba; miraba siempre al frente, sin miedo ni añoranzas aparentes. El griego, por el contrario, que trataba de prolongar su estancia en la tierra unos momentos más, se volvía para despedirse de su mundo y de los suyos, como lo muestran tantos relieves funerarios. Por última vez, sus ojos bebían ávida y tristemente todo lo que dejaba: pero Hermes, el misterioso conductor de las almas, le cogía presto del brazo para llevárselo. ¿Cuántas leyendas griegas no han relatado los patéticos viajes que héroes como Heracles (o Hércules) u Orfeo emprendieron, aunque en vano, "hacia el Estigio por la puerta de Tenaro" que daba acceso a los infiernos, poblados "por la multitud ligera de los fantasmas de los muertos piadosamente enterrados", como escribía Ovidio, para devolver a la luz a sus seres queridos?

La tumba cristiana, que también refleja la concepción de la vida ultraterrena y es consecuencia de los temores y esperanzas que ésta suscita, de algún modo sintetiza, aunque de manera elíptica, las concepciones antitéticas de los egipcios y de los griegos.

Al igual que en Egipto, la tumba cristiana, sobre todo a partir de la baja edad media, es una casa en el más allá —un hogar terrestre eternizado—; pero, como en Grecia, esta casa transfigurada está situada en la tierra, entre los hombres y los pueblos, a los que sirve de aviso y de modelo. Los muertos cristianos ya no aparecen desterrados a las afueras de la ciudad, ya no están enterrados fuera del recinto sagrado de la ciudad, como ocurría en Roma (tan sólo las cenizas de Trajano descansan al pie de su columna en el foro imperial). A diferencia de los paganos, los muertos cristianos son enterrados en un camposanto cerca de una iglesia intramuros que guarda las reliquias de un santo o de un mártir o, incluso, son depositados en el interior de la nave de la iglesia, que se convierte en ocasiones, en un panteón cuyo suelo es una fría alfombra de lápidas. Hasta finales del siglo XVIII —cuando, por motivos de salubridad, los muertos volvieron a los cementerios, convertidos en extensos parques arbolados ornados de tumbas y panteones, alejados del núcleo urbano, como el cementerio del Père Lachaise de París, a principios del siglo XIX—, la ciudad acoge a los muertos en su seno, los cuales cohabitan con los vivos. Casas y tumbas componen un único paisaje que Valéry describió con los siguientes términos en *El cementerio marino*: "ce toit si tranquille, où marchent les colombes, entre les pins palpite, entre les tombes" (este tranquilo tejado, sobre el cual andan las palomas, palpita entre los pinos, entre las tumbas).

La tumba cristiana es un hogar celeste descendido en la tierra, un trozo de cielo encarnado, y es la prueba visible de que el hombre ha vencido a la muerte, no al modo egipcio, prolongando eternamente la vida —y petrificándola o momificándola, también— sino librándola de la muerte. Según el pensamiento cristiano, se vence a la muerte muriendo. Como escribía san Juan de la Cruz, "muero porque no muero [...] pues si más vivo, más muero"; "matando, muerte en vida la has trocado".

Ariès sostiene que el muerto cristiano, resucitado en cuerpo y alma, es un bienaventurado. Así aparece en numerosas tumbas nobles o reales, a partir del siglo XIII: las serenas efigies de Lorenzo y Julio Médicis, recién ascendidas de sus sarcófagos que las personificaciones de las horas del día entreabren, en la tumba parietal proyectada por Miguel Ángel, representan en verdad a estos nobles resucitados. El célebre cenotafio de Alejandro VI en la basílica de San Pedro, de Bernini, incluye una descarnada y siniestra representación de la Muerte en bronce color de la noche y del oro. El esqueleto agita un reloj de arena al tiempo que levanta un pesado cortinaje o sudario adamascado que cubre una puerta (¡la Puerta!) al fondo de un nicho, dejando el paso a la persona ya transfigurada del pontífice, orando de rodillas sobre una nube, tan densa y enlucida como las que pintara El Greco. El difunto no reside en el empíreo o en una región distante sino que, desde el más allá, mira hacia la tierra y se preocupa por los suyos, intercediendo por ellos ante la divinidad. Hace de verdadero "pontífice", esto es de "puente" o mediador entre los hombres en la tierra y los seres celestiales. Como escribe Cervantes en un soneto dedicado al túmulo del rey Felipe II en Sevilla, "apostaré que el ánima del muerto, por gozar este sitio hoy ha dejado la gloria donde vive eternamente". La muerte lo ha convertido en un dios.

Con el paso de los siglos, que se ha visto acelerado por las guerras continuas, la arquitectura funeraria no ha perdido su relación con las figuras fantasmagóricas, desencarnadas, irreales —e ideales, también, como las mismas almas. Los grandiosos y fríos proyectos de los arquitectos franceses de finales del siglo XVIII (los de Boullée, sobre todo) expresaban visiones, sublimes edificaciones soñadas que, por su tamaño y por su contenido, no eran de este mundo; son ejemplos de ello un cenotafio en honor a Newton, que casi rivalizaba con el universo que el matemático inglés desvelara, o un monumento al soldado desconocido que habría podido acoger a todos los caídos desde Abel, quien murió a manos de Caín. Estaban concebidos a partir de tumbas, sarcófagos y cenotafios descomunales, de egipcia figuración, como si las quiméricas edificaciones estuviesen reservadas a ser el refugio de las almas de los difuntos; como si el hogar de los sueños —sueños de libertad, que tantas muertes trajeron consigo— se confundiera con el de los muertos.

Pero las almas viven su existencia en el más allá sólo si se cree en ellas. Las almas son como (las) hadas, o los personajes de los cuentos y del alma infantil. Como Church respondió, en un hermoso artículo de Navidad, a un niña de cinco años que inquiría, angustiada, sobre la existencia de Santa Claus que otros niños negaban:

> tus amigos se equivocan. Son víctimas del escepticismo de una era escéptica [...]. ¡Qué feo sería el mundo si no hubiera Santa Claus! Si no existiera la fe infantil, tampoco existiría la poesía que hace tolerable esta existencia [...]. Las cosas más reales en este mundo son aquéllas que ni los niños ni los mayores pueden ver. ¿Has visto alguna vez hadas bailando en la pradera? Por supuesto que no, pero eso no prueba que no estén ahí. Nadie puede concebir o imaginar todas las maravillas que no vemos en este mundo.

La nuestra es una época lógicamente descreída, profana. Además, esconde, como algo impuro e indigno, toda muestra de decrepitud, como ha señalado Ariès. La vejez, y la muerte —la muerte íntima y verdadera, no su escenificación en las artes de consumo— repelen. Secretamente, les tememos, porque no podemos con ellas. Son el espejo de nuestra finitud. Así pues, se escamotea la visión de los muertos. Cuando, por el contrario, algunos artistas contemporáneos retratan la decadencia o el último instante, consideramos que sólo han querido componer un espectáculo morboso que no trasciende la realidad. Así, por ejemplo, Win Wenders filmó la agonía del autor de *La furia de vivir*, el cineasta Nicholas Ray, en la polémica obra *Relámpago sobre el agua*. Uno muere en una habitación de hospital, solo, sostenido sólo por una tramoya de tubos transparentes. Como ha demostrado Ariès, no queremos ver la muerte para no acabarnos de creer que, cuando ésta irrumpe, la vida —y con ella, nuestros anhelos de inmortalidad— concluye para siempre. Nada queda.

¿Qué ha quedado del arte tumbal a lo largo del siglo xx? ¿Cómo han interpretado los arquitectos de este siglo un tema, nunca mejor dicho, inmemorial? ¿Qué relación mantiene la arquitectura funeraria con el arte moderno? o, más precisamente, ¿qué aporta la casa de los muertos a la arquitectura y al arte de nuestro siglo? ¿No será que el arte funerario (que evoca siempre a un ausente y que trae aparejada la creencia en la supervivencia del alma) pertenece definitivamente al pasado?, ¿no es un arte apegado al tiempo pretérito?

Eugenio Trías ha comentado en numerosas ocasiones que lo que caracteriza el arte moderno es su muy peculiar referente externo: el vacío. En principio, este hecho debería acercar el arte moderno al arte de los muertos. Las tumbas que suceden al vacío creado por la desaparición de una persona deberían ser entonces el paradigma de la modernidad.

Sin embargo, esta "vacía trascendencia" que sustituye al Ser o a Dios, en palabras de Trías, esta Nada convertida en el contenido del arte, es muy distinta al vacío que la ausencia de un ser querido provoca y al que el arte funerario responde.

El vacío que la muerte causa, este hueco o forma en negativo es semejante a la huella que se genera y permanece cuando un cuerpo se ausenta: la forma que una persona imprime en una cama, o la marca que dejamos al caminar sobre la arena (y que, en ocasiones, queda para siempre). De algún modo, estas formas en negativo recuerdan, nostálgicamente, la plenitud de un cuerpo que se ha ido. Son un envoltorio ajustado al ser, su apariencia externa que casa a la perfección con él, y al que remite sin problemas. La imagen, en este caso, se amolda al modelo. Del mismo modo que los científicos son capaces de reconstruir la forma y la vida de un animal desaparecido hace millones de años gracias a las marcas que su cuerpo o sus huesos han dejado en la arcilla endurecida, también el arte funerario, que guarda la efigie de las personas desaparecidas, nos permite reencontrarnos con éstas y evocarlas. Podríamos decir coloquialmente que el arte funerario (las tumbas y las efigies) llena el vacío provocado por la muerte y mantiene la ilusión de que el difunto no ha sido devorado por el tiempo. La presencia de éste, de algún modo, se mantiene,

aunque sea con tristeza. Numerosas leyendas cuentan historias de amantes tan desconsolados que trataron de suplir la ausencia de la esposa fallecida disponiendo dobles, ilusoriamente reales, en cada rincón del hogar y también en el lecho. Se diría que estas efigies, estos bustos, como los que pueblan todavía los cementerios, tienen aliento o preservan el último aliento. Podrían cobrar vida súbitamente devolviendo los difuntos a la vida, retornándoles lo que la muerte les había robado. El hombre ha intentado desde siempre negar la existencia de la muerte por medio de imágenes sustitutorias y de estelas o tumbas.

Por el contrario, el vacío sobre el que se asienta el arte moderno es absoluto. Es como si Dios se hubiese vaciado, como si se hubiera vuelto o hecho vacío, convirtiéndose (casi en sentido religioso) en lo contrario a sí mismo. Dios, que es Ser, Amor y Luz, como escribe Trías en *La memoria perdida de las cosas* ("Dios es amor, sólo amor y todo-amor. Por lo mismo es luz, es vida. De este amor nacen sus hijos, hijos de amor, como los hijos de las tinieblas hijos son del odio y de la muerte"), seguiría estando allí, mas en una forma inversa o invertida, esto es, en "forma" no de Ser sino de Nada. Nada lo conformaría. ¿Puede ser?

De este modo, sólo existiría la Nada. Nada o la Nada sería el garante de la creación. El último referente, aquello que alumbra el arte, que se encarna en él y a lo que el arte da cuerpo, sería nada. No se podría concebir y expresar otra cosa que el vacío absoluto. La Nada sería lo único a lo que se podría aspirar.

Frente a la antigua existencia de Dios entendido como Ser, se materializaría una nueva sustancia en el panteón, como la califica Trías: la Nada, unida al Odio y al Mal. En tanto que el Odio, enfrentado al sentimiento opuesto que es el Amor (sentimiento fecundo, procreador y generador), la Nada es estéril: sus frutos, si es que así se pueden calificar, son "la muerte, la nada y las tinieblas".

De la Nada no se puede decir que sea, pero sí, como observa Trías, que esté allí, impidiendo con su "presencia" que "el ser se haga existencia y que la existencia sea esencial". Añade Trías:

> eso que impide que lo dado sea algo vivo, algo vivaz, lleno de aliento, lleno de esencia, de aroma, de sabor y de sustancia. Eso que no permite que el aroma, el sabor de cada cosa (lo esencial en ella) llegue a presencia y sea por tanto manifiesto [...]. Eso que está es lo que arruina todo lo que hay de vivo y de vivaz y vívido en las cosas, es lo que no deja que éstas broten de su propia memoria inmemorial y expresen el sustrato de sí mismas o recuerden la pauta de su propio corazón.

Así pues, el arte, en los tiempos de la Nada, es un arte carente o vacío de sentido y directrices. Un arte cuyas formas carecen de contenido: no tienen nada que expresar. O, mejor dicho, su sentido es el vacío. Su tema es nada, lo cual no significa exactamente que carezca de contenido, sino que trata de dar forma a algo que no es, ni existe. Por este motivo, las artes modernas son voluntariamente banales o triviales. Son y tienen que ser naderías si quieren ser modernas. Están constituidas por formas que se resisten a cualquier interpretación simbólica, a cualquier apertura hacia lo trascendente o superior. No tienen nada detrás. No tienen trasfondo. Son imágenes transparentes, que quieren carecer de hondura metafísica y que sólo remiten

a sí mismas, como las imágenes, aparentemente tan duras, de sillas eléctricas que Warhol pintó con tintas sucias y planas, rojas y negras, y cuya existencia justificaba diciendo que sólo había pretendido mostrar lo primero que había visto proyectado en una pantalla de televisión.

Como dice Trías, en la modernidad sólo cabe esperar un arte que enmudece, "que termina en un horizonte letal; pero que es letal por búsqueda de lo imposible", lo que, por definición, es lo que no existe.

Por este motivo, como ya hemos dicho, el arte de los muertos no tiene nada que ver con el arte de la muerte, el arte (en fase) letal, antes comentado.

En efecto, el arte tumbal moderno refleja la ausencia del ser y no la presencia del no-ser. Todas sus formas están volcadas a evocar nostálgicamente al ausente, como ya lo hiciera el arte funerario de la Grecia antigua.

Quizá por esto, el arte funerario actual maneja todavía formas clásicas o del pasado (lo que incluye tanto al Egipto faraónico como a la edad media cristiana) cargadas de simbolismo. En verdad, el arte tumbal constituye el último refugio de un arte, clásico, que las formas profanas o cotidianas de la arquitectura moderna han desterrado. Los mismos arquitectos que han creado las formas y la gramática de la arquitectura moderna han recurrido a formas del pasado para evocar e invocar a los seres que han traspasado el umbral del más allá. O, mejor dicho, han sabido encontrar formas del pasado que casan bien con su ideario estético: Aalto, por ejemplo, dibujó una amplia y nítida voluta jónica en una lápida. El movimiento en espiral de esta voluta, que se encuentra en el origen de tantas formas naturales, no desentona con las líneas ondulantes, llamadas orgánicas, que utilizaba en sus proyectos "profanos", y por las que sentía tanto afecto.

Es cierto que cabría preguntarse, descreídamente, si esta preferencia por las formas del pasado es debida al hecho que a los muertos sólo se les puede dar cobijo con formas muertas, como son hoy día las formas clásicas. Sin embargo, creemos que los arquitectos modernos han echado mano de las formas del pasado porque éstas, que son inmemoriales o son ajenas al vaivén de los siglos, son las formas más adecuadas para evocar a seres que han escapado a la presencia o al peso del tiempo. Conectan con el pasado.

Como ha puesto de manifiesto Louis-Vincent Thomas en su libro titulado *Antropología de la muerte*:

> la arquitectura funeraria contiene formas expresivas que se acercan mejor a lo simbólico.
> R. Auzelle ha destacado perfectamente los motivos principales: *inscripción arquitectónica en el lugar*, centrada, remarcada por la vegetación (solemnidad) o ahogada en la vegetación (integración, desaparición, discreción); *dominio de los volúmenes*: lo horizontal (reposo), lo vertical (resurrección), combinación de ambos (oposición, reflejos); líneas horizontales (estabilidad), verticales (anhelo espiritual), oblicuas (tristeza), y combinación de todas ellas (oposiciones); *naturaleza de los materiales*: piedra (fuerza, duración), hormigón (flexibilidad, resistencia), ladrillo

(color, limpieza), madera (calidez, agilidad); *proporción en el modelado de las formas*: vigor y sobriedad (perennidad), delicadeza sin amaneramiento (espiritualidad); finalmente, *apertura*: aberturas estrechas (recogimiento, intimidad), aberturas anchas (acogida, comunión) [...].

Todos estos motivos se reflejan tanto en el arte funerario anterior al siglo XIX como en el actual, y están ejemplarmente ilustrados en la presente selección de tumbas modernas realizadas por los principales arquitectos del siglo XX, desde Sullivan o Loos hasta Scarpa y Rossi pasando por Mies van der Rohe, Le Corbusier y Aalto. Todos ellos, en un momento u otro de su vida, han sentido la nostalgia de una ausencia —la ausencia de un ser querido— y han querido expresarla, o han aceptado y han conseguido dar forma a los sentimientos, las pasiones o el sufrimiento de otras personas.

Así pues, las tumbas de los siglos XIX y XX utilizan un vocabulario formal y una simbología que entronca con la tradición ancestral. Al igual que en el arte antiguo, entramos en el mundo del "como si...", en el reino de las metáforas.

Las tumbas modernas emplean puentes que evocan el paso fatal y definitivo, el cruce abismal, tal como se aprecia en los trabajos de Scarpa, autor de tumbas modernas que aguantan la comparación con las mejores del pasado. Recuperan volúmenes macizos y cerrados, de clásica composición, semejantes a los de las casas-tesoro del antiguo santuario délfico cuya entrada estaba vetada a los profanos, como los que configuran el panteón Malmström de Sigurd Lewerentz o varios panteones de Gunnar Asplund.

Hoffmann, o Lutyens, en el mausoleo de la familia Philipson, usaron volúmenes de geometría tan perfecta, masiva y cristalina —cúbica, piramidal o cilíndrica— como las pirámides egipcias o los túmulos micénicos o etruscos que contrastan con la incierta superficie del desierto —la pura geometría, en su imposible e inhumana perfección evoca a los dioses y a los muertos.

Muros o rejas (en el pequeño panteón de Josep Llinàs) cercan un vacío sepulcral, como en la tumba de Anderson Wilhemson, o como en el panteón que un equipo de arquitectos italianos (Alesi, Bidetti, Defilippis y Labate) edificaron cerca de Bari, como si las tumbas estuvieran abiertas para que los familiares acudiesen a practicar anualmente un banquete funerario —como ocurría en la antigua Roma— esperando encontrarse con sus difuntos.

El volumen compacto de la tumba Pasquinelli, de Belgioioso, Peressutti y Rogers, se apoya sobre cuatro finos soportes tubulares que la elevan unos decímetros del suelo, al igual que las tumbas cristianas que levitan en las amplias naves de las catedrales góticas y que sugerían que el cuerpo se había vuelto ingrávido, inmaterial.

En otros casos, por el contrario, las lápidas remiten a las tapas de las modestas tumbas románicas que se confundían con las losas de la iglesia. Véanse, si no, varios de los ejemplos incluidos en este libro: la tumba Hernaus de Mario Botta, sencilla y delgada —apenas de unos centímetros de grosor, más parecida

a un velo que a una losa—, apoyada sobre la hierba; la lauda que Wim Cuyvers dedicó a su padre; la lápida grabada por Papoulias, o la hermosa sepultura de la familia de Teodor Bergen, de Lewerentz, reposando a la sombra generosa y protectora de un árbol centenario, en el remoto islote de Utterö, que recuerda el roble, venerable y sarmentoso, bajo el cual los caballeros de la saga artúrica se aprestaron a descansar por última vez en la perdida isla de Thule. La tumba de Luigi Nono, realizada por Arata Isozaki, es una tabla plantada de yedra que apenas se levanta en medio de las malas hierbas del cementerio. De manera semejante, la tumba de Le Corbusier consiste en una simple y discreta placa horizontal situada al pie de un alto y grueso ciprés, cuyo fuste, perenne y eternamente erguido, semejante a una llama ondulante e incombustible, encarna al mítico y fecundo árbol de la vida que, en la mayoría de las culturas, simboliza a una escalera o un pilar que une el inframundo con el cielo.

La opacidad de la materia contrasta con la luz que, desde lo alto, se abre paso o se filtra entre los vanos macizos; tal como pasa, por ejemplo, en el panteón para la familia Phillips-Sáenz, de José Domingo Peñafiel, el cual se ve inundado por la luz. Se diría que se pudiera echar luz sobre la muerte, según las palabras inquietantes de Cuyvers, o que el sepulcro, que mira a la luz, ya es la antesala del Elíseo. Tampoco hay que olvidar, por cierto, que el hiriente resplandor también simboliza la muerte. La luz resplandeciente ciega tanto los ojos como la noche oscura, como bien sabían los místicos.

La luz dibuja una cruz. El signo abstracto de la cruz —que combina la línea horizontal de la tierra con el eje vertical del cielo— constituye uno de los escasos símbolos gráficos que los arquitectos modernos, al igual que algunos teólogos bizantinos que vetaron la figuración humana por considerarla banal o irrespetuosa, utilizan para indicar la proximidad de lo sagrado. Así, múltiples cruces, a menudo en forma de rajas horizontales y verticales practicadas en los muros —a modo de siluetas en negativo, de vacíos, vaciados o fisuras, de rajas luminosas (como en el panteón Pirovano de Ignazio Gardella o en el sepulcro de Francesco Venezia)— señalan la presencia del difunto, expresan sus creencias o su fe, y simbolizan el poder de la luz de descorrer la materia.

Las tumbas modernas están hechas de materiales y de formas perdurables, y carecen del espíritu burlón, juguetón y descreído que caracteriza gran parte del arte moderno cuando descubre la presencia de la Nada.

Sin embargo, las tumbas actuales no son antimodernas. No pueden serlo. Sus formas no consisten en la repetición o imitación servil de formas y rasgos clásicos o del pasado, ni en la aceptación acrítica de un legado. Las tumbas son edificios o monumentos compuestos con base en algunos fragmentos de formas pretéritas, sacados de contexto: un capitel (o el perfil en negativo de medio capitel, como en el caso de una tumba de Alvar Aalto); una columna solitaria sobre cuyo remate descansa el vacío; unas pilastras apenas indicadas; unas cruces insinuadas entre la estructura de un palio, como en la tumba Baj de Pino Pizzigoni; unos frontones apenas esbozados.

Las formas clásicas o antiguas a menudo se inscriben en negativo en el muro. Resultan ser espacios vacíos o sombras, sombras de lo que fueron en su día, restos desperdigados de una unidad perdida. Aldo Rossi, al describir una tumba que compuso con base en fragmentos de cornisas clásicas, se refería a la imposibilidad de recrear en la actualidad formas antiguas. Según él, sólo cabría la posibilidad de evocarlas a partir de fragmentos, como si las tumbas modernas constituyeran los epitafios que la modernidad dedicó al arte clásico.

La fragmentación de las formas antiguas con las que el arquitecto actual compone tumbas, alude, sin duda, a la caducidad de los estilos y a la fugacidad de la vida, pero también simboliza el derrumbe de toda una manera de entender la arquitectura y el descrédito en el que han caído las formas y los sistemas compositivos del pasado. Ya no se puede creer en la mística unidad de las formas, ni en su poder de encarnar lo invisible. El pasado es un campo en ruinas. Sólo los fragmentos, escasos, son capaces todavía de hacernos soñar. Así pues, curiosamente, el arte tumbal —en el que el arte clásico se han refugiado y que constituye el último territorio que lo acoge todavía, donde aún posee un cierto sentido— muestra que las perfectas y mesuradas formas del pasado, que durante tanto tiempo expresaron la comunión entre lo humano y lo divino, son ya incapaces de simbolizar lo trascendente. De algún modo, la modernidad no encuentra una manera más clara de manifestarse que en la que ofrece un arte que intenta revitalizar un estilo (artístico y de vida), definitivamente muerto. La tumba moderna señala el fin de una época, de un momento de la historia.

Ciertamente, el arte funerario es marginal. Mas estos márgenes no son residuales. Como ha señalado algún filósofo, los tesoros están siempre escondidos en los lindes. Así pues, contrariamente a lo que pensaba Panofsky, el arte funerario es un agudo reflejo del estado, de la suerte de las artes modernas. "Cuán frágil es, cuán mísera, cuán vana..." Iglesias y cementerios siguen pulsando nuestras creencias, y lo que esperamos del mundo.

Agradezco a Mónica Gili sus numerosas sugerencias y a Eduardo Pérez Soler sus atentas correcciones gramaticales y estilísticas, que han agilizado y completado el presente texto.

The House and the Dead

(On Modern Tombs)

Pedro Azara

Architecture d'après l'architecture
Gio Ponti

I know that landfall is not found in it,
and that no-one may ford it,
although it be night.
Its clarity is never dimmed,
and I know that all light is come from it,
although it be night.
St. John of the Cross

Panofsky's classic study on tomb sculpture ends with a disparaging commentary on the formal responses modernity has given to the subject of tomb art (the house of the dead).

Even though two monumental tombs —the Pyramids of Gizeh and the Hellenistic Mausoleum of Halicarnassus— were frequently singled out from among the Seven Wonders of the World, Panofsky, like Ariès, was of the opinion that since Bernini, and in part owing to his own achievement, which all but severed subjective experience from presubjective ritual - the days of funerary sculpture, and of religious art in general were numbered.

"Modern tombs," says Henry James, "are a skeptical affair ... the ancient sculptors have left us nothing to say in regard to the great, final contrast." Occasionally we sense a touch of originality, even greatness, in the works of Antonio Canova or of that admirable Swedish *tumbarius*, Johan Tobias Sergel, whose less-known funerary monuments are as remarkably imaginative as his deservably famous cenotaph of Descartes, where the age-old idea "the universe is ruled by Death" [...] is converted into a triumphant "The universe is illumined by genius." On the whole, however, all those who came after Bernini were caught in a dilemma —or, rather, trilemma— between pomposity, sentimentality, and deliberate archaism. He who attempts to write the history of eighteenth-, nineteenth-, and twentieth-century art must look for his material outside the churches and outside the cemeteries.

What are we to make of such an assessment?

The absence of monographs on modern tombs and the fact that contemporary architects do not usually mention —or wish to single out— the tombs and vaults they have constructed —be this from a sense of decency, since death always disturbs and is not a subject for gentlemen, or because they consider that these are minor or worthless works— might well corroborate Panofsky's judgment. Most histories of modern architecture no longer allude to funerary art. They may mention, in passing, the contributions of Asplund, Scarpa and Rossi.

One might ask oneself if this oversight or lack of appreciation is not unjustified, and if tomb art does not enrich or illumine, maybe from another realm —*the* other realm—, modern art and architecture.

Be that as it may, we find ourselves faced with a very different situation when we confront the art of the distant past. To visit a museum of ancient art, of archaeology, involves passing through silent rooms full, in the majority of cases, of paintings on wood panels, of hieratic statues absorbed in themselves or with their gaze fixed on some distant horizon, of steles and reliefs, vessels, furniture, textiles, bronzes and the finely wrought gold jewelry which once festooned the body of the dead person. Here are personal effects and art objects sacked from previously unviolated tombs, sacred objects from whose perhaps still active and potent influence the showcases and hermetically sealed display cabinets protect us. Or we think they protect us, since although kept in urns of glass such objects do not cease being idols and amulets of disquieting presence, as Genet realized in front of an Egyptian statuette in the Louvre, which caused him to say: "this was truly a god. The god of the inexorable. [...] Fear gripped me because here was, beyond a shadow of a doubt, a god."

Today's museums of ancient art and archaeology are, then, depositories of the offerings the living placed to both satisfy and honor their dead and to keep them at distance. Taken as a whole, their rooms resemble the intricate network of galleries which riddle the interior of a mausoleum.

Funerary offerings reveal how the men of the past lived, while the spatial organization of the tomb itself clearly reflects the conception that was held of the house of the living. What we know of past life always comes out of the ground. It is the tomb, the house of dead souls, which shows us how the house of the living was. In fact were it not for the groupings of circular Etruscan tombs, whose internal layout, based on chambers and halls for merrymaking and conversation enlivened by brightly colored frescos, perfectly reproduces the large huts of the chiefs of the tribe, and whose round cupolas to the north of Rome "fecundate in silence the smoothness of the nearby sea" (according to the beautiful verses of Calderón), we would know little or nothing of the primitive, pre-Roman habitat. The ancient sarcophagus reproduces, in stone, the transitory shape of a house or palace; although it is also possible that the relationship between house and tomb —the model and its image— is the other way round, and that the houses of the living might have been built in accordance with the model established for tombs —or for the originary tomb of the founder— perhaps in order to have dwellings for eternity or homes worthy of kings, of immortal beings.

The archaic architecture which has endured until our own times consists uniquely of tombs. For a start, only stone was used in the construction of tombs. Houses, on the other hand, were fragile mounds of adobe. The most solid temples and palaces have been devoured by the desert sands for millenia. That said, the pyramids or *mastabas* with their massive, inclined stone walls —which, emerging from the shapeless sand, were simultaneously gigantic tombs for kings and heroes and stairways which aided the soul to ascend to heaven, and whose tapering and vertical outline still unites earth and sky— show us with great exactitude

what the ancient conception of architecture was. To be sure, it has to be recognized that the Mesopotamian ziggurats, akin to Egyptian pyramids, were not tombs, yet neither had they been built for humans. When, in the midst of the dusty plain of the Euphrates —battered by the sudden rains which darken the sky and by the icy winter winds coming down from Anatolia— there emerges the perfect form of a tumulus with a circular ground plan, straight walls, and flat or dome-shaped roof (like a hill drawn with a pair of compasses), and which doubtless contains the remains of a warrior chieftain and his attendants, we know that such a place —however inhospitable and desolate, however arid it may appear to us today— was once inhabited and was chosen by a man that he might be buried there, that this hill should be his final resting-place.

Saqqara is the only city from remote antiquity which is preserved almost intact. Built on the steep slopes that rise abruptly from the Nile, a number of high white ramparts are espied from afar, standing out above a palm grove and describing a perfect rectangular perimeter, with monumental gateways, paved streets shaded by porticoes, storehouses, granaries and houses made of blocks of stone. Yet Saqqara, the white city of the Ancients, was not a city inhabited by beings of flesh and blood, but by souls, or by a single soul. It was the resplendent necropolis which the great architect and physician Imhopeh built for the Pharaoh Zoser some six thousand years ago in the image of Memphis, the city of the living, which itself disappeared millenia ago.

And thus the dead speak of the living. Likewise, the city of Petra —with buildings whose classically composed facades, carved out of red-, purple- and blue-veined rock, which blaze like tongues of flame during the sunset, are intact and tell us much about Roman architecture— is a city of the dead. It is worth pointing out that the passage from life to death is often symbolized by a facade —a facade that recalls a theater backdrop, and quite so: both hell and the theater are worlds peopled by shadows, phantoms and illusions— akin to those of the houses of the living, yet which gives onto chambers that are dark and bare. The sides of some Etruscan and Roman sarcophagi containing the remains of architects or builders are ornamented with reliefs representing half-open monumental doorways, which symbolize both the gates of Hades and the doors of the houses or towns the dead person built in his day.

Calvino concluded his description of underground Eusapia —the subterranean city of the dead the inhabitants of visible Eusapia built 'in the likeness of their own city', a mortuary city which, like all true metropoles, seemed to be paradoxically brimming with life and bustle, and was full of buildings and streets under construction whose shape and structure varied constantly— with this trenchant observation: "it had been the dead, in fact, who'd built the Eusapia above." A little further on Calvino added: "it's said that in the twin cities there was no way of knowing who the living and who the dead are."

Architecture, however, appears to have more to do with the world of the living than with the world of the dead. Dwellings have always been built to safeguard the life or visible manifestation of gods, heroes and people lying in state. For this reason it seems odd that funerary architecture should be the quintessence of

architecture; in fact it might be thought that the large number of tombs that have been preserved is, in comparison to the still-extant temples and palaces of Pharaonic Egypt, the result of chance.

The very etymology of the word 'architecture' suggests the intimate and necessary relationship between stone and life, however strange this may seem, since stone, like death, is cold ('to turn to stone' means 'to render insensitive', 'to kill'). 'Architecture' is a word made up of two Greek nouns: *arche* and *tecnites*.

Arche is a substantive created from the verb *ercho*, which translates as 'to order': the *arche*, which nothing precedes, governs what follows. In the case of the 'architect', he, a superior, orders and directs the other 'technicians' who work at his behest, following his guidelines. An architect, then, is a great leader, chief and maestro: he is expert and teacher rolled into one.

Originally, however, a 'technician' was not what he is now. A technician produced things, of course, but did not rely on special artisanal methods and tools, external to him, in whose use he had been previously trained. He created such manufactured articles in a very different way. Technique did not imply any mastery of the material in question, nor possession of a specialized knowledge. The verb *techto* —from which come the nouns *tecne* and *tecnites* (a *tecnites*, or worker, is the man who resorts to *tecne* in order to create or to work)— meant 'to engender', 'to give birth'. The 'technician' was the father of his creations, his offspring. It was due to him that these lived. They lived, in both senses of the word: they lived because the architect had given birth to them, and because he provided them with the material conditions so that life might evolve and endure; he provided them with a custom-built space, a dwelling, a roof over their heads. And as a father —and an architect—, he formed them, educated them, edified them, guiding them, teaching them and clearing a path for them in the demanding world outside. His creations forsook the hostile world —in which pre-school children, backward people and animals cohabited— because they were domesticated: they entered, in a civilized and obedient manner, into the realm of the *domus*: the paternal home. The architect, then, provided them with light, driving away the darkness —of ignorance and of the shapeless, opaque world— after having given birth to them and after having enlightened them.

And yet man has known from the very beginning that the light was not going to shine forever. Plato used the adjective *ephemeroi* (ephemeral) when speaking of human beings; that is, "those who last but a day." Death was —and is— man's condition, and what distinguishes him from the gods is that, rightly and logically so, they are 'immortals': death does not walk alongside them, nor do they journey towards death. A person dies when his life —which is light— gives out: when his sight grows dim, when he enters the tenebrous world, when he disappears from our sight, as the well-known Homeric metaphors have it. Or when he bears an inverted torch, which cannot stay alight: something that has, since ancient times, been an emblem of death, its very personification. The architect's task, however, is opposed to death. His task is to have the light shine for the greatest time possible. So it is that the architect has had to construct spaces in which the deceased might feel (as if) alive, and in which, then, he does not notice the deep wound death inflicts when it cuts life off: spaces that try to prevent man, overtaken by night and oblivion, from fading away

and disappearing forever. The most beautiful tombs have been commissioned by bereaved lovers as an eternal homage to their loved ones: from the cenotaph the Hellenistic queen Artemisia dedicated to Mausolus, king of Caria, and the Taj Mahal, to the delicate tomb —a simple slab partly enlivened by a diminutive tumulus which appears to be a temple in miniature, a funerary urn in the shape of a building, a house of the soul— which Le Corbusier built for himself and his wife, a tiny masterpiece in which theory has given way to emotion, in which the house has ceased being a machine to become a home, a final home. Dust they shall become, but loving dust...

It is no accident, then, that in ancient Greece the same words that designated the house should also designate the tomb. As Herodotus wrote in a phrase that has since become famous —and which is applicable to the Egyptian world, at least—, the house man lives in is temporary, since the real one, to the construction of which he dedicates his whole life, is his final resting place. This is also understood as a resting place of the soul or of the transfigured body, as a prison of the body (but the body —in Greek, *soma*—, was, according to ancient Greek mystical religions and philosophies, already the prison —*sema*— of the soul), and as a frontier or gateway between the visible world and the underworld. The tomb is a prison, but also a *monumentum*; that is, an object which keeps the 'memory' or the recollection of an absent person alive. And, as Loos maintained (akin to Herodotus in this), only monuments (the houses of the dead) are architecture. All other buildings are simple constructions for ephemeral beings, technical or artisanal products, not works calling on *tecne*: authentic creations, visionary and inspired.

The tomb reflects, therefore, the conception man has of death; in reality it reveals that which death confronts: namely, life. Both Panofsky and Ariès have written magisterial studies on the relationship between sepulchers and the conception of life and death that these convey, from Pharaonic Egypt to the present day. I will try and summarize their ideas here.

Panofsky and Ariès have interpreted funerary architecture and statuary in the light of the great polytheistic and monotheistic religions that gave rise to them. In all great cultures the tomb appears as a protective dwelling which shelters the living from the disquieting presence of ghosts and apparitions, at the same time as it prevents the latter from disappearing from the memory of their descendants.

Tombs are by definition extremely old constructions. The abandon into which they fall helps define their image, since they are from another era. They are works from ancient times, from the time of the ancestors. It is painful to think of a newly built tomb, and anguishing to evoke a recently inhabited one: the first shovelful of earth still resounds. Machado wrote: "earth they gave him one ghastly July afternoon, beneath the sun of fire." Then calm returns, as it must. "And you, already shadowless, sleep and rest, peace be to your bones. Sleep a true and tranquil sleep, forever and always."

Tombs are shut tight forever. They are constructions or containers whose doors ought never to be opened. Neither could they be opened, were one to want or need to do so: they lack handles, knobs or

keyholes, as well as hinges. Furthermore, the doors are perfectly flush with the building and blend into the walls. The entrances are secret, as secret as the winged beings the tomb has carried off with it and the treasures it doubtless safeguards. Tombs stir the imagination and put the courage of the youngsters who play furtively by night between the tombstones to the test. If a fallen angel should pass... One imagines tombs overrun by phantoms, dust and cobwebs, and full of vast and unattainable heaps of gold. There are still people today who look for the true entrance of the pyramids. Mortal beings only enter the tomb once. They descend and don't come out again. An open tomb is a violated tomb. Its world is shadowy. Light aggresses it, since it dazzles nocturnal beings.

Tombs are, in a way, part of the bowels of the earth. Hegel wrote: "within it chambers and passages are found which seem to indicate the paths the soul follows after death." Sepulchers, then, form a closed cosmos turned in on itself, and which lacks a facade, given that a facade announces to the outside world what there is behind it and invites entry. In the pyramids, Hegel said, a kingdom of the invisible is established.

The tomb is situated at the threshold between two worlds. It is formed from a hole excavated in the earth, into which the deceased is made to disappear. Yet at the same time its being there is signposted by some kind of external construction, as if one sought to compensate for the oblivion to which the dead person is consigned with this warning signal. As the soul of the diffunct Elpenor implored his comrade Odysseus:

> I beg you in the name of all those you left behind, your father, he who nourished you from a child, and Telemachus, the only son you left in your palace [...], I ask, my sovereign, that you remember me, that you do not go off and leave me without weeping or burying me, so that I be not a curse of the gods for you. Rather bury me with my weapons, all that you have, and pile up a burial mound for me on the shore of the foam-flecked sea —O woe is me!— so that future generations might know of this.

'Tomb', 'tumulus', 'tumor' and 'tumult' are words that come from the same Greek root, one which expresses the idea of 'swelling'. A tomb is a certain kind of unnatural or artificial protuberance of the earth, very different from a gentle undulation of the ground. Swelling suggests a sudden disorder caused by an external agent. The earth swells, due not only to the presence of a foreign body placed within it but to the pressure it is subjected to by the (fermented) air of which the evanescent soul is composed —for the Greeks the soul is made of air, ether and breath, the last exhaled breath— and which seeks to rise. Hence the tomb, a sealed sepulcher, is rooted in the depths of the earth, at the same time as it gradually rises like some kind of ramp or stairway for the soul to ascend at night to the meeting with its sisters which are, in Egyptian cosmogony, the stars. Some of the most notable tombs of Antiquity —like the tombs of the Pharaoh Zoser in Saqqara and of Agamemnon in Mycaenas, and the later mausolea of the King of Thrace in Halicarnassus,

of Augustus and Hadrian in Rome— were crowned with a conical cupola or stepped pyramid at the pinnacle of which there appeared a majestic chariot pulled by winged horses, symbolizing the soul victorious over death.

Modern, Christian man possesses a unique, temporal soul which is seemingly opposed to the physical body. This light-filled soul contains and symbolizes the mental and spiritual powers of the human being and is also the organ which relates said being to heaven (it is the image of God within man); the body, on the other hand, pertains to the dark earth and is made from it. In a way man merges with nature via the (material or Dionysian) body, and loses the individuality his Apollonian or luminous soul grants him.

In opposition, the Ancients possessed not one soul but several, dispersed throughout the body (the heart, diaphragm and the lungs, the organs related to respiration). These souls are barely distinguished from forces, energies and even exacerbated feelings (such as vigorousness, anger —*thymos* in Greek, or *fumus* in Latin, so that when one is furious one blazes up and gives off smoke—, rage, desire and passion, etc.), full of "sound and fury", as the famous phrase from *Macbeth* has it, and represented what man held in common with other living beings. Later, these souls were grouped together to form the sensitive or irascible Platonic soul, the inferior soul, open to the enchantments of the visible world. It was the well-cared-for and vigorous body, and not the elusive soul, which enabled a man to distinguish himself from other men: for example, among the mass of warriors in whose midst it was difficult to stand out. While the soul was common to all men, the body was a personal resource.

When an Egyptian died, his Ka (one of the many souls or spirits which made up a being's *élan vital*) was temporarily suspended. The body lost its mobility. But this new-found rigidity was the only thing that differentiated a dead being from a living one. It was not long before the deceased re-encountered his Ka in the Beyond. As the great historian Frankfort pointed out, 'to die' was known in Egypt as 'going to our Ka': in the texts of the pyramids the dead are called 'owners of their Kas' or even, paradoxically, 'the living', since they have gone through death and attained eternal life. They can also be called 'the Kas who are in the sky', given that to live, be it in the sky or on the earth, presupposes the Ka, the life force.

Thus, since the dead came back to life the Egyptian tomb exactly reproduced the house and surroundings the deceased enjoyed while alive. Frescoes, statues and reproductions in imperishable materials duplicated a person's worldly goods so that life might go on with scarcely an interruption after death. In that sense the tomb extended the hearth and home for all eternity. The house, turned to stone in the darkness of the tomb —and guarded by doubles of the living, who gazed straight ahead with the eyes of a sphinx (challenging the Beyond) and with their head held high—, was projected forward in time. This was an architecture conceived to pass the test of time.

For the Greeks, on the other hand, death was a stone slab. When the bloodthirsty Keres —harradins, the ancestral goddesses of Destiny—, encircled by snakes, fell upon their victims the light went out forever. The

only soul which survived death, the fantasmagorical Psyche, represented, as can be seen on numerous stone steles, by a tiny waif-like bird, then began its descent to the land of shadows where souls, become ghosts, floated as if in torment, screeching like bats. As Vernant points out, to die while fightly valiantly or hero-ically was honorable, since the young warrior would be remembered forever thanks to heroic poems and a funerary stele that kept his memory alive, but nobody envied him his dull existence in Hades. When Odysseus arrived at the mouth of hell to call on the souls of his family and friends, Achilles —or rather his soul, his mental double, a shadow which feigned to be Achilles— confided bitterly to him: "do not try and comfort me about death, O noble Odysseus. I would rather be above ground and serve in a poor man's house, although he were to have the meagerest of estates, than be the sovereign of all cadavers, of the dead." In effect, as Odysseus' deceased mother exclaimed shortly afterwards, "the soul goes wheeling around as in a dream." Hades was the chill world of the invisible (of those who people the world of dreams, indistinguishable from the creatures who emanated from the night: specters, ghosts and imaginary beings), where the light, which is the sign of life, becomes progressively dimmer.

In Greece death was feared because it cast a shadow over life. The latter was luminous, immaculate and desirable, while death was not: as various anthropologists have pointed out, 'macula', physical and moral dis-figurement, and 'muerte' [death] are words which share the same origin. Living beings were full of vigor and en-ergy and their visible bodies shone with the splendor of youth —Apollo and Aphrodite incarnated the ideal of life itself and were its models—, before this was snuffed out. For that reason life alone deserved to be praised and preserved, death being given the cold shoulder. In ancient Greece, then, the tomb was also a house, but instead of representing the new dwelling the deceased would possess in the future —in the other life— it preserved forever the ephemeral and yearned-for home he had occupied in this life. As Panofsky has suggested, in Egypt the tomb was a consequence of a prospective point of view; in Greece, on the other hand, of a nostalgic, retrospective way of looking. In Egypt the tomb represented the deceased's first dwelling-place —and was the first real home he had—, while the Greek tumulus evoked and exalted, with its forms sculpted in the white marble of Paros, the last, frequently humble, house. The Greek tomb looked back. It sang the praises of a form and a vision of life which deserved to endure and be taken into account. Greek man wanted to know nothing of the home —doubtless somber, and guarded by monsters— the dead person was to live in. When the hour came, the Egyptian, as his statues demonstrate, displayed great fortitude and did not bat an eyelid; he consist-ently looked ahead, without fear or apparent yearning. On the other hand the Greek, who tried to prolong his stay on earth for a final few moments, returned to bid farewell to his world and his family, as so many fu-nerary reliefs show. For one last time his eyes avidly and sadly drank in all he was leaving behind: but Hermes, the mysterious conductor of souls, took him promptly by the arm and led him off. How many Greek legends haven't related the poignant journeys that heroes like Heracles (or Hercules) and Orpheus made, albeit in vain, "down to the Styx, by the Taenarum Gate" giving access to the Underworld, peopled by "the frivolous multi-tude of ghosts of the piously buried dead," as Ovid wrote, in order to bring their loved ones back up to light?

Up to a point the Christian tomb, which also reflects a conception of otherworldy life and is a consequence of the hopes and fears that this inspires, synthesizes, albeit elliptically so, the antithetical ideas of the Egyptians and the Greeks.

The Christian tomb, mainly from the early Middle Ages onwards, is, just as in Egypt, a house in the Beyond —an everlasting earthly home—; but, as in Greece, this transfigured house is located on earth, among men and nations, to which it serves as a warning and a model. The Christian dead are no longer banished to the outskirts of the city, buried beyond the city's sacred walls, as occurred in Rome (only Trajan's ashes rest at the foot of his column in the imperial forum). In distinction to the pagans, the Christian dead are buried in the sacred ground of a church within the city walls, one conserving the relics of a saint or martyr, or are even deposited within the nave, which is converted at times into a pantheon whose floor is a chill carpet of tombstones. Until the end of the 18th century —when, for health reasons the dead are transferred once more to the cemeteries, now converted into extensive tree-covered parks dotted with tombs and vaults, and distanced from the city center, like Père-Lachaise in Paris at the beginning of the 19th century—, the city takes its dead to its bosom, where they cohabit with the living. Houses and tombs form a unique landscape, which Valéry described in the following terms in *Le Cimétière marin*: "this so tranquil roof, on which doves walk, palpitates between the pines, between the tombs."

The Christian tomb is a celestial home descended to earth, a bit of heaven incarnate, and it is visible proof that man has conquered death, not in the Egyptian way by prolonging life eternally —and also petrifying or mummifying it—, but by delivering it from death. According to the Christian mind it overcomes death by dying. As St John of the Cross wrote: "I die because I do not die [...] so if I live more, I die more"; "in killing, you have changed death into life."

Ariès argues that the defunct Christian, resurrected in body and soul, is a happy man. This is how he appears on numerous aristocratic or royal tombs from the 14th century onwards: the serene effigies of Lorenzo and Giuliano Medici —recently risen from sarcophagi half-opened by the personified hours of the day in the parietal tomb designed by Michelangelo— symbolize such resuscitated noblemen. Bernini's famous cenotaph of Pope Alexander VII in St Peter's includes a cadaverous and sinister representation of Death in black and gold bronze. The skeleton shakes an hourglass while simultaneously lifting a heavy damascened curtain or shroud which conceals a door (the Door!) at the back of a niche, opening the way for the already transfigured pontiff, praying on his knees atop a cloud as dense and burnished as those an El Greco might paint. The dead man does not dwell in heaven or in some far-off region but looks from the Beyond towards the earth and attends to his flock, interceding for them before the divinity. He acts as a true 'pontiff'; that is, a 'bridge' or mediator between men on earth and celestial beings. As Cervantes writes in a sonnet devoted to the tomb of Philip II in Seville: "I'll wager that, to enjoy this place today, the dead man's soul has forsaken the glory where it everlastingly resides." Death has made him into a god.

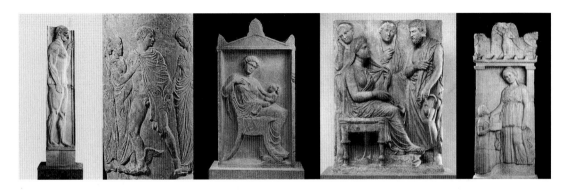

With the passing of the centuries, seemingly hastened on by uninterrupted warfare, funerary architecture has never lost its taste for fantasmagorical, cadaverous, unreal figures (which are ideal, too, like souls themselves). The grandiose and chill designs of French architects at the end of the 18th century (those of Boullée, above all) were full of fantasy; sublime and dreamlike constructions which, given their size and content, were not of this world. Examples of this are a cenotaph in honor of Newton that all but rivalled any universe the English mathematician might reveal, or a monument to the Unknown Soldier which could have accommodated all the fallen since Abel, who died at the hands of Cain. They were conceived as colossal tombs, sarcophagi and cenotaphs in the Egyptian style, as if such fanciful constructions were reserved as a shelter for the souls of the departed; as if the dwelling-place of dreams —dreams of liberty, which involved so many deaths— might be confused with the home of the dead.

But souls live on in the Beyond only if one believes in them. Souls are like (the) fairies, or the characters in stories and in the child's mind. As Church, in a lovely article on Christmas, replied to a five year-old girl who anxiously enquired about the existence of a Santa Claus her little friends had denied:

> your friends are wrong. They're the victims of the scepticism of our sceptical times [...]. How awful the world would be if there weren't a Santa Claus! If childlike faith didn't exist neither would the poetry that makes our existence bearable [...]. The most real things in this world are those that neither children nor grownups can see. Have you ever seen fairies dancing in a meadow? Of course not, but that doesn't prove they aren't there. Nobody can conceive or imagine all the wonders we don't see in this world.

Ours is a logically unbelieving, profane epoch. On top of that it hides, as being something impure and unworthy, any proof of decrepitude, as Ariès has pointed out. Aging and death —intimate, real death, not its *mise en scène* in the consumerist arts— repel. We secretly fear them because we can't cope with them. They are the reflection of our finite nature. And so the dead are whisked out of sight. When, on the other hand, contemporary artists depict decay or the final instant we consider that all they've wanted is to put together a morbid spectacle which does not transcend reality. Thus, for instance, Wim Wenders filmed the final agony of the creator of *Rebel Without a Cause*, director Nicholas Ray, in his polemical *Lightning Over Water*. One dies in a hospital room, alone, plugged into a fancy array of transparent tubes. As Ariès has shown, we disavow the sight of death so as not to end up thinking that, when the latter irrupts, life —and with it, our desire for immortality— is done forever. Nothing remains.

What has remained of tomb art throughout the 20th century? How have this century's architects interpreted such an immemorial (so to speak) subject? What relationship does funerary architecture have to modern art? Or, more precisely, what contribution does the house of the dead make to the art and archi-

tecture of our century? Does funerary art (which always evokes a missing person and involves a belief in the survival of the soul) belong once and for all to the past? Isn't it an art of times gone by?

Eugenio Trías has said on many occasions that what characterizes modern art is its particular external reference: the void. In principle this fact ought to bring modern art and the art of the dead closer together. The tombs which fill the void created by the disappearance of a person should, therefore, be the very paradigm of modernity.

Nevertheless, this 'empty transcendence' taking the place of Being or of God, in Trías' words, this Nothingness made into the content of art, is very different to the emptiness the absence of someone loved brings about and to which funerary art responds.

The vacuum death causes, this empty space or negative form, is similar to the imprint that is created and left when a body is removed: the shape a person impresses in a bed, or the mark we leave when walking on sand (and which on occasions remains forever). In a sense these negative shapes nostalgically record the plenitude of a body that has since passed on. They are a packaging adapted to the being, an external appearance which matches him to perfection, and to whom that semblance unproblematically refers. In this instance the image molds itself to the model. Just as scientists are capable of reconstructing the form and the life of an animal that disappeared millions of years ago thanks to the marks its body or its bones have left in the hardened mud, so funerary art, which preserves the effigy of long-dead people, enables us to encounter them again, to invoke them. In common parlance, we could say that funerary art (tombs and effigies) fills the vacuum left by death and maintains the illusion that the deceased has not been swallowed up by time. The presence of the deceased is, in a way, maintained, albeit sadly so. Numerous legends recount the histories of lovers who are so disconsolate that they attempt to make good the absence of the dead partner by placing deceptively real doubles in all corners of the house, as well as in the bed. It could be said that these effigies and busts, like the ones still peopling the cemeteries, breathe on, or preserve the last breath at least. They might suddenly come alive, returning the dead to life, restoring to them what death has robbed them of. Man has always tried to refute the existence of death by recourse to substitutory images and steles or tombs.

The void on which modern art is founded, on the other hand, is absolute. It is as if God were emptied out, as if he were turned into or become something empty, being converted (in the religious sense, almost) into his own opposite. God, who is Being, Love and Light, as Trías writes in *The Forgotten Memory of Things* ("God is love, only love and all of love. For that reason he is light, he is life. His children are born of this love, they are love children, just as the children of darkness are children of hatred and death"), would continue being there, but in a reverse or inverted form; that is, in a 'form' not of Being but of Nothingness. Nothing would define him. Is this possible?

Nothingness alone would exist, then. Nothingness and the Void would be the guarantor of creation. The ultimate referent, that which lights the way for art, that which is embodied in it and to which art gives

bodily form, would be nothing. Anything save the absolute void could not be conceived and expressed. Nothingness would be the only thing one could aspire to.

In opposition to God's former existence as Being, another substance would materialize in the pantheon, according to Trías: Nothingness, united to Hatred and Evil. Where Hatred is concerned, and set against its opposite, Love (a fruitful, procreative and generative feeling), the Void is sterile: its fruits, if they can be called that, are "death, nothingness and darkness."

One cannot say what Nothingness is, but only, as Trías observes, that it is there, its 'presence' preventing "being from becoming existence and existence from being essential." Trías adds:

> this is what prevents the given from being something alive, something enduring, full of spirit,
> full of essence, of aroma, of savor and of substance. This is what does not allow the aroma,
> the savor of each thing (its essence) to become presence and to be made manifest thereby [...].
> This is what wreaks havoc with all that is living and enduring and vivid in things, it is what
> prevents these from bursting forth from their own immemorial memory and expressing the
> substratum of things themselves or from remembering the guiding principles of their own heart.

And so art itself, in times of Nothingness, is an art devoid or empty of meaning and guiding principles. An art whose forms lack content: they have nothing to express. Or, better still, their meaning is the void. Its subject is nothing, which does not mean that it lacks content, but rather that it tries to give shape to something which is not there, which does not exist. For this reason the modern arts are wilfully banal or trivial. They are and must needs be mere trifles if they seek to be modern. They are made up of forms which resist any symbolic interpretation, any opening onto the transcendental or superior. They have nothing behind them. They have no depth. They are transparent images which seek to dispense with metaphysical profundity and to refer only to themselves, as in the apparently ultra-callous images of electric chairs that Warhol painted in smudgy flat colors, reds and blacks, and whose existence he justified by saying that he'd only tried to show the first thing he'd seen projected on a TV screen.

As Trías says, all we can hope for from modernity is an art that is silent, "which ends at a deadly horizon"; yet which is "deadly because of its seeking after the impossible," that which by definition does not exist.

For that reason, as we've already said, the art of the dead has nothing to do with the art of Death, deadly art.

In effect modern tomb art reflects the absence of the being and not the presence of the non-being. All its forms are indulged to nostalgically evoke the absent, as did funerary art in ancient Greece.

Perhaps this is why contemporary funerary art still works with classical and past forms (which means both Pharaonic Egypt and the Christian Middle Ages) redolent with symbolism. Tomb art is, in truth, the

last refuge of an art, classical in kind, which the profane or everyday forms of modern architecture have proscribed. The same architects who created the forms and grammar of modern architecture have returned to the forms of the past when evoking and invoking beings who have crossed the threshold of the Beyond. Or, put another way, have known where to find forms from the past which mesh with their aesthetic ideology: Aalto, for example, described an emphatic and pure Ionic scroll on a tombstone. The spiralling movement of this stone, a shape found at the origin of many natural forms, is not out of tune with the undulating, so-called organic, lines he utilized in his 'profane' designs, and for which he felt so much affection.

Indeed, one would have to ask oneself, incredulously, if this preference for the forms of the past is due to the fact that one can only afford shelter to the dead by using dead forms, as classical forms are today. Despite that, we believe that modern architects have availed themselves of the forms of the past because the latter, which are immemorial and at odds with the passing of the centuries, are the ones most suitable for evoking beings who have escaped the presence or the weight of time. They connect with the past.

As Louis-Vincent Thomas made clear in his book *The Anthropology of Death*:

> funerary architecture has expressive forms which are more in accord with the symbolic.
> R. Auzelle has perfectly described the principal motifs of this: *architectural inscription in the site*, centered on, emphasized by, the vegetation (solemnity) or drowned in vegetation (integration, disappearance, discretion); *a command of volumes*: the horizontal (rest), the vertical (resurrection), a combination of both (opposition, reflex action); horizontal lines (stability), vertical lines (spiritual longing), oblique lines (sadness), and a combination of all these (oppositions); *naturalness of the materials*: stone (strength, durability), concrete (flexibility, resistance), brick (color, cleanliness), wood (warmth, ease of use); *a sense of proportion in the modeling of forms*: vigor and sobriety (perenniality), refinement without affectation (spirituality); finally, *openness*: narrow openings (seclusion, intimacy), wide openings (admittance, communion) [...].

All these motifs are reflected in funerary art prior to the 19th century, as well as in the current one, and are exemplarily illustrated in the present selection of modern tombs realized by the major architects of the 20th century, from Sullivan and Loos to Scarpa and Rossi, taking in Mies van der Rohe, Le Corbusier and Aalto. All these men, at one time or another in their lives, have felt a sense of nostalgia for an absence —the absence of a loved one— and have sought to express this, or have undertaken and managed to give shape to the feelings, passions and sufferings of other people.

The tombs of the 19th and 20th centuries, then, employ a formal vocabulary and a symbology which relates to ancestral tradition. Just as in ancient art, we enter into the world of 'as if', into the kingdom of metaphors.

Modern tombs employ bridges which evoke the fatal and final step, the crossing of the abyss, as can be seen in the works of Scarpa, the creator of modern tombs which bear comparison with the best of the past. They call on massive, enclosed volumes of classical composition, similar to those of the treasure-houses of the ancient Delphic sanctuary whose entrance was hidden from the profane, or as in those configuring the Malmström vault of Sigurd Lewerentz or various of Gunnar Asplund's pantheons.

Hoffmann, or Lutyens in the Philipson Family mausoleum, used volumes of as perfect, massive and crystalline a geometry —be it cubic, pyramidal or cylindrical— as in the Mycenaean or Etruscan burial mound, or those Egyptian pyramids which contrast with the shifting surface of the desert; a pure geometry which, in its impossible and inhuman perfection, evokes both the gods and the dead.

Walls and grilles (in Josep Llinàs small vault) enclose a sepulchral emptiness, as in Anderson Wilhelmson tomb, or in the pantheon a team of Italian architects (Alesi, Bidetti, Defilippis and Labate) constructed near Bari, as if such tombs were open for the families to come and hold an annual wake —as used to happen in ancient Rome—, in the hopes of meeting their dead relatives once again.

The compact volume of the Pasquinelli tomb, by Belgioioso, Peressutti and Rogers, is supported on four slim tubular uprights which raise it a few decimeters above the ground, in the same way as those Christian tombs that levitate in the broad naves of Gothic cathedrals and imply that the body had become weightless, immaterial.

In other instances, however, the tombstones recall the covers of those modest Romanesque tombs which were mingled with the flagstones of the church. See, in that respect, some of the examples included in this book: the simple and slender Hernaus tomb by Mario Botta —just a few centimeters thick, more veil than slab—, resting on the grass; the headstone Win Cuyvers dedicated to his father; the tombstone engraved by Papoulias; or the beautiful tomb of the Teodor Bergen family by Lewerentz, resting in the generous and protective shade of an ancient tree on the remote island of Utterö, which recalls the venerable, gnarled oak the knights of the Arthurian saga prepared to rest under, for one last time, on the lost island of Thule. Luigi Nono's tomb, designed by Arata Isozaki, is a slab planted with ivy which hardly protrudes from the cemetery undergrowth. Likewise, Le Corbusier's tomb consists of a simple and discreet horizontal slab placed at the foot of a tall and massive cypress whose trunk, perennially and eternally erect, akin to an undulating and incombustible flame, incarnates the mythical and fecund tree of life which in most cultures symbolizes a ladder or pillar uniting the underworld to heaven.

The opacity of matter contrasts with light finding its way from on high and filtering between the massive walls; as happens, for example, in José Domingo Peñafiel's pantheon for the Philips-Saenz family, which is flooded with light. It's been said that light might be shed on death, as Cuyvers' disturbing phrase has it, or that the tomb, which looks towards the light, is the antechamber of Elysium. Neither should it be forgotten, by the way, that dazzling brightness also symbolizes death. Brilliant light blinds both the eyes and darkest night, as the mystics well knew.

The light describes a cross. The abstract sign of the cross, which combines the horizon line of the earth with the vertical axis of the sky, is one of the rare graphic symbols modern architects —alike in this to certain Byzantine theologians, who vetoed human figuration as being banal and disrespectful— use to denote the proximity of the sacred. Thus many crosses, often in the form of horizontal and vertical chinks etched into the walls —like outlines in negative, gaps, hollows and fissures, luminous chinks (as in Ignazio Gardella's Pirovani vault or Francesco Venezia's tomb)— signal the presence of the deceased person, express his beliefs or his faith, and symbolize the power of light to elbow matter aside.

Modern tombs are made of lasting materials and forms, and are lacking in the mocking, trivial and godless spirit that characterizes much modern art after it discovers the presence of Nothingness.

Contemporary tombs are not, however, anti-modern. They cannot be. Their forms do not consist in the repetition and servile imitation of classical or past forms and features, nor in the uncritical acceptance of a legacy. Tombs are buildings or monuments made up of various fragments of past forms, taken out of context: a capital (or the negative outline of a half-capital, as in the case of an Alvar Aalto tomb); a single column atop which there sits emptiness; some rudimentary pilasters; a few crosses slipped in among the structure of a canopy, as in Pino Pizzigoni's Baj tomb; some barely outlined pediments.

Classical or ancient forms are etched into the wall in negative. They turn out to be empty spaces or shadows, shadows of what they were in their day, the scattered remains of a lost unity. Describing a tomb based on sections of classical cornice he'd designed, Aldo Rossi referred to the impossibility of recreating ancient forms today. According to him, the only possibility of evoking these would be from fragments, as if modern tombs were the epitaphs modernity had devoted to classical art.

The fragmentation of ancient forms the contemporary architect calls on when composing a tomb alludes, in all likelihood, to the caducity of styles and the fugacity of life, but it also symbolizes the collapse of a whole way of understanding architecture and the discredit into which the forms and compositional systems of the past have fallen. One can no longer believe in the mystical unity of forms, or in their power to embody the invisible. The past is an area in ruins. Only the odd fragment is still equipped to make us dream. Curiously, then, tomb art —in which classical art has taken refuge, and which forms the final territory that still welcomes it, where it still possesses a certain meaning— demonstrates that the perfect and measured forms of the past, which for so long expressed a communion between the human and the divine, are now incapable of symbolizing the transcendent. In a sense modernity finds no clearer a way of manifesting itself than that offered by an art which attempts to revitalize a definitively moribund style, be it artistic or existential. The modern tomb signals the end of an era, of a historical moment.

Funerary art is, to be sure, a marginal art. But these margins are not residual. As the philosopher pointed out, the treasure is always hidden at the boundaries. And so, contrary to what Panofsky thought, funer-

ary art is an acute reflection of the state, and of the fate, of the modern arts. "How fragile it is, how wretched, how vain..." Churches and cemeteries go on sounding out our beliefs, and what we expect of the world.

My thanks go to Mónica Gili for her many suggestions, and to Eduardo Pérez Soler for his thoughtful grammatical and stylistic corrrections, all of which have improved and enhanced the present text.

Alvar Aalto

A lo largo de su vida, Alvar Aalto realizó varias tumbas entre las cuales destacan especialmente las tumbas diseñadas para sus amigos. Al igual que otros arquitectos de la época —cuya carrera profesional adoptaba los criterios del movimiento moderno— Aalto empleó un lenguaje y una simbología absolutamente clásicos para la mayoría de sus proyectos funerarios. Así por ejemplo: el motivo principal que aparece en la estela de marmol de la tumba de su profesor Usko Nyström (1861-1925) es una hoja de acanto **(1)**, o la urna que aparece en relieve y en negativo en la tumba de su cuñado y amigo Ahto Virtanen **(2)**, o la voluta grabada sobre la lápida de granito negro de su antiguo colega Uno Ullberg **(3)**. El motivo de la hoja de acanto, aunque más estilizada, se repite en el proyecto no realizado de una tumba para su amigo Erik Bryggman **(4)**. Cuando su viuda, Elissa, diseñó la propia tumba de Aalto en el nuevo cementerio de Helsinki **(5)** incorporó a la tumba un capitel jónico del siglo XVIII importado de Italia, siguiendo el ejemplo de su marido. Aalto tiene también otras tumbas de diseño más austero y anónimo como la de sus parientes en Alajärvi o la tumba para su benefactor y amigo Harry Gullichsen en Noormarkuu.

During his life Alvar Aalto created a number of graves, particularly noteworthy among which are the ones designed for his friends. Just like other architects of the period —who in their professional career adopted the criteria of the Modern Movement— Aalto employed an absolutely classical language and symbolism for the majority of his funerary designs. For that reason, then, the principal motif which appears on the marble stele of the grave of his teacher Usko Nyström (1861-1925) is an acanthus leaf (1); an urn appears in relief and in negative on the grave of his friend and brother-in-law Ahto Virtanen (2); and a scroll is carved into the black granite gravestone of his ex-colleague Uno Ullberg (3). Albeit more stylized, the acanthus leaf motif is repeated on the unrealized design for a grave for his friend Erik Bryggman (4). When his widow Elissa designed Aalto's own grave in the new cemetery in Helsinki (5) she followed her husband's example and incorporated an 18th-century Ionic capital imported from Italy. Aalto also has other graves, more austere and anonymous in design, like that of his relatives in Alajärvi, or the one for his friend and benefactor Harry Gullichsen in Noormarkuu.

1

2

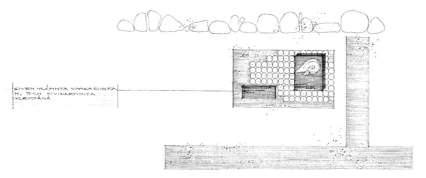

KIVEN YLÄPINTA VAAKASUORA
H. SCH KIVIKAETOITA
YLEMPÄNÄ

3

ERIK
BRYCCMAN

* 7.2. 1891
† 21.12. 1955

4

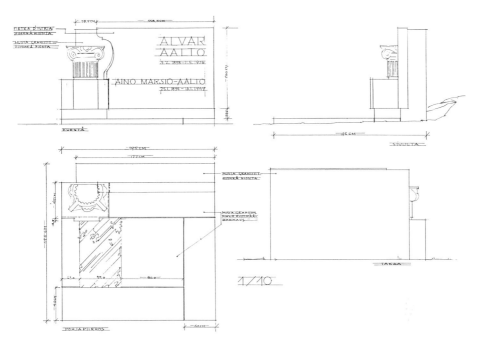

5

Umberto Alesi, Stefano Bidetti, Francesco Defilippis, Luca Labate

Este panteón, situado en el cementerio de Rutigliano (Bari), parte de la voluntad de construir no sólo un monumento conmemorativo sino también un lugar de recogimiento y meditación. El panteón está constituido por dos espacios superpuestos y encerrados en el interior de un mismo volumen que se relacionan a través de una abertura cuadrangular situada en el centro. El espacio superior se compone de un recinto constituido por un muro de piedra que se interrumpe solamente para dejar un espacio de acceso y que, en la parte opuesta, contiene la escalera de acceso a la parte inferior. A lo largo de la superficie del muro hallamos las lápidas y una fuente de piedra, situada frente a la entrada. En la cámara inferior, se encuentra el bloque de mármol de los sarcófagos situados en tres de los lados. La abertura situada en el techo de la cámara hipogea sirve de lucernario a la misma y, al mismo tiempo, permite la visión de la cripta desde el espacio superior. De esta forma, se establece una relación de reciprocidad entre los dos espacios, entre la tierra y el cielo, entre la luz y la oscuridad.

This tomb in Rutigliano Cemetery (Bari) grows out of the wish to not only construct a commemorative monument but a place of seclusion and meditation as well. The tomb is made up of two spaces, superposed and enclosed within a single volume, and connected by a quadrangular opening situated in the center. The upper space consists of an enclosure formed by a stone wall whose only break is for an entrance space, with, facing this, access stairs to the lower section. Running the length of the wall we find the tombstones, plus a stone fountain situated opposite the entrance. Situated on three sides of the lower chamber are the marble blocks of the sarcophagi. The opening in the roof of the top chamber serves as a skylight for this and also provides for a view of the crypt from the upper space. A reciprocal relationship is thus established between the two spaces, between earth and sky, light and darkness.

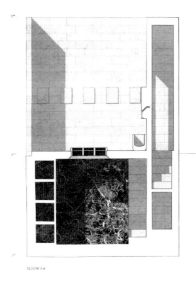

SEZIONE A-A

SEZIONE B-B

Antonio Armesto/Carles Martí, arquitectos architects
Antoni Roselló, escultor sculptor

El cementerio antiguo de Sitges, sobre un promontorio cerca del mar, pertenece al tipo tradicional de necrópolis entendida como *hortus conclusus*. Viejos cipreses se alinean en los caminos principales. Las pequeña parcela está situada en el cruce principal de la trama ortogonal del cementerio. La cripta A.R. es del tipo no visitable, con cuatro espacios de inhumación bajo tierra, accesibles funcionalmente a través de un óculo rectangular que se cubre con una pesada lápida de granito negro finés. Frente al modelo de cripta con capilla en la superficie, que tiende a saturar de volúmenes convexos el pequeño cementerio, se optó por una radical "desocupación" del espacio conseguida a través del acto de su delimitación. El proyecto se reduce a la construcción de un semirrecinto, abierto al cruce de las sendas, que prepara un espacio vacío en el que se dispone un túmulo plantado en torno a una lápida de proporciones antropomórficas. El semirrecinto se consigue con quince estelas de mármol travertino de ocho centímetros de espesor sujetas por su base con llaves ocultas de acero inoxidable y otras de bronce que hacen visible la individualidad de las estelas. En el lado corto, la fisura entre dos de ellas forma una cruz por ensamble con una peana horizontal. La peana sostiene insertada una escultura de Antoni Roselló. Esta llama-vela-ala dorada presenta la muerte como preciosa ocasión para un vuelo mágico: la muerte nos hace leves al sustraernos a la temporalidad, de modo que un cementerio es una ciudad vacía y la tumba la casa de un ausente.

The old cemetery of Sitges, on a promontory overlooking the sea, belongs to the traditional kind of necropolis thought of as an *hortus conclusus*. Ancient cypresses stretch out in lines along the main paths. The small plot in question is situated at the main intersection of the orthogonal grid of the cemetery. The A.R. crypt is of the non-visitable variety, with four below-ground burial spaces, functionally accessible via a rectangular oculus covered by a heavy stone of black Finnish granite. As against the standard crypt with above-ground chapel, which tends to flood the tiny cemetery with convex volumes, the architects opted for a radical 'disoccupation' of space, achieved through the act of delimiting the latter. The intervention is restricted to the construction of a semi-enclosure, open to the intersecting pathways, which creates an empty space containing a tumulus set out around a gravestone of anthropomorphic proportions. The semi-enclosure consists of fifteen steles in eight-centimeter-thick travertine marble, fastened at their bases with concealed stainless steel brackets, plus others of bronze, which highlight the individuality of the steles. On the shorter side, the fissure between two of these forms a tabled cross with a horizontal sill. The sill has a sculpture by Antoni Roselló inserted in it. This gilded flame/candle/wing presents death as a precious opportunity for a magic carpet ride: death renders us unimportant in plucking us from the flow of time, in the same way that a cemetery is an empty city and the tomb the house of an absent being.

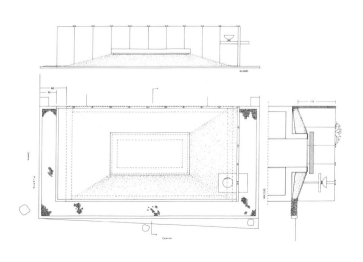

Gunnar Asplund

Los cementerios ocupan un lugar central en la carrera de Asplund y, sin embargo, el arquitecto sueco realizó solamente tres tumbas aisladas: el panteón de la familia del príncipe Bernadotte **(1)**, todavía producto de la misma inspiración que encontramos en la Capilla del Bosque (1918-1920), consiste en un pórtico colocado sobre una plataforma cuadrangular elevada y rodeada de vegetación; el panteón de la familia del almirante Ankarcrona **(2)** cuenta con una entrada enmarcada por dos columnas de capiteles corintios, que simbolizan la eterna estabilidad, y está coronada con escudos y alusiones a la carrera militar del difunto; y quizás el más elaborado de los tres proyectos, el panteón para la familia del secretario de estado Hjalmar Retting **(3)** que comparte, con el vecino panteón de la familia Malmström diseñado por Lewerentz (1921-1930), un lenguaje clásico más depurado.

Cemeteries occupy a central place in Asplund's career, and yet the Swedish architect created only three individual tombs: the family vault of Prince Bernadotte (1), a product of the same inspiration we find in the Chapel in the Woods (1918-1920), consists of a portico positioned on a quadrangular raised platform and surrounded by greenery; the family vault of Admiral Ankarcrona (2) has an entrance framed by two columns with Corinthian capitals symbolizing eternal stability, and is topped by shields and allusions to the military career of the dead man; and perhaps the most elaborate of the three designs, the family vault of Secretary of State Hjalmar Retting (3), which partakes, along with the neighboring vault of the Malmström family, designed by Lewerentz (1921-1930), of a more refined classical language.

2

3

BBPR
(L.B. Belgioioso, E. Peressutti, E. Rogers)

La tumba Pasquinelli, situada en el Cementerio Monumental de Milán, fue concebida como un sarcófago múltiple elevado del suelo. Mientras que la idea del sarcófago la aproxima a la tradición, la resolución formal de la misma la acerca a una estética futurista muy propia del momento. La parte anterior, en la cual tiene lugar la colocación de los cuerpos está recubierta de piezas de marmol blanco de Candoglia que configuran el aspecto general. Una escultura de Bazzaro, requerida por el cliente, fue colocada para enfatizar el concepto estético del sarcófago.

The Pasquinelli tomb in Milan's Monumental Cemetery was conceived as a multiple sarcophagus raised from the ground. While the idea of the sarcophagus relates it to tradition, the formal resolution of the tomb converges with the Futurist aesthetic of its time. The part at the back, where the bodies go, is faced with slabs of white marble from Candolgia which give the key to the overall appearance. As stipulated by the client, a sculpture by Bazzaro was set in place to emphasize the aesthetic conception of the sarcophagus.

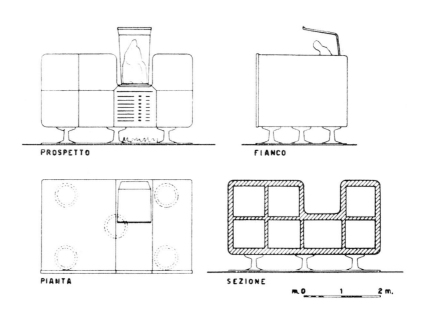

PROSPETTO

FIANCO

PIANTA

SEZIONE

m 0   1   2 m.

Patrick Berger

Jean Lambert Tallien (1767-1820), miembro del Club de los Jacobinos, creador del periódico *L'Ami des Citoyens* y marido de Thérésia Cabarrus, fue celebre por su feroz oposición a Robespierre y por poner fin al terror. Esta tumba, realizada por Berger con motivo de la conmemoración del bicentenario de la Revolución Francesa celebrado en París en 1989, constituyó la primera fase del proyecto de remodelación del sector romántico del cementerio Père Lachaise de París. La yuxtaposición de la piedra y el árbol y la complementariedad de sus respectivos significados le sirven a Berger para desarrollar la idea de la ciudad de los muertos con su jardín. La tumba consiste en un espacio delimitado por una baranda metálica baja y representa la analogía formal de una tumba desdoblada y de un arce evocando así también la dualidad de la figura de Tallien dividida entre su dedicación a la causa revolucionaria y la pasión por su mujer. La tumba incorpora en su inscripción un extracto de *L'Ami des Citoyens*. Al pie del árbol y para señalar el lugar de la sepultura original, hallamos una discreta piedra con el nombre del difunto grabado en ella. En 1992, Berger proyectó dos tumbas más en el sector Kellermann del mismo cementerio. Son dos tumbas de concepción más anclada en la tradición: una pirámide truncada y una estela vertical. Su monumentalidad es acorde con la mayor amplitud de espacio existente en esta zona. La piedra tallada maciza produce una sensación de perennidad pero, al mismo tiempo, produce el efecto de contrafuerte del muro de contención.

Jean Lambert Tallien (1767-1820), a member of the Club des Jacobins, creator of the newspaper *L'Ami des Citoyens* and husband of Thérésia Cabarrus, was famous for his fierce opposition to Robespierre and for his wish to put an end to the Terror. This grave, created by Berger for the bicentenary of the French Revolution celebrated in Paris in 1989, formed the first phase of the project to remodel the Romantic section of Père-Lachaise Cemetery. The juxtaposition of stone and tree and the complementary nature of their respective meanings helped Berger develop the idea of a city of the dead and its garden. The grave consists of a space delimited by a low metal railing and represents the formal analogy of a divided grave and a maple tree, thus evoking the duality of Tallien himself, riven between his dedication to the revolutionary cause and his passion for his wife. The grave incorporates an extract from *L'Ami des Citoyens* in its inscription. At the base of the tree, and to indicate the site of the original grave, we find a modest stone with the dead man's name carved in it. In 1992 Berger designed two other graves in the Kellermann section of this same cemetery. The conception of both is more rooted in tradition: a truncated pyramid and a vertical stele. Their monumentality accords with the greater space available in this area. The massiveness of the carved stone produces a sense of perpetuity, yet also of the buttressing effect of the retaining wall.

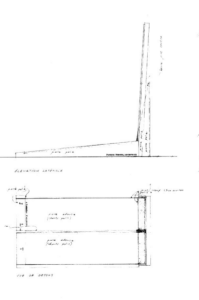

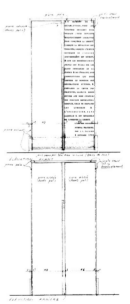

Mario Botta

Las dos partes inclinadas del cilindro confieren a la tumba Ruppen **(1)** una idea de cabaña-refugio. La abertura triangular evoca también la imagen de vivienda elemental, aquélla que cubre las necesidades humanas de cobijo y confort en un espacio cerrado. Una estructura metálica recubierta de finas láminas de mármol permite el paso de la luz a través de sus juntas proporcionando una difusa luminosidad al pequeño espacio interior. El diseño para esta tumba recuerda uno de los experimentos arquitectónicos de Botta: el lucernario de la casa en Breganzona. La tumba Hernaus **(2)** se encuentra situada en una esquina donde convergen dos de los senderos que corren paralelos a lo largo del edificio del cementerio que alberga los osarios. Unas pocas fisuras regulares, incisas en la superficie de la lápida de granito de esquinas recortadas, permiten el nacimiento —aparentemente espontáneo— de la hierba que parece querer afirmar el triunfo de la vida sobre la muerte.

The two leaning sections of the cylinder lend the Ruppen tomb (1) a shelter-like air. The triangular opening also evokes the image of the kind of simple dwelling that provides for man's basic need for shelter and comfort in an enclosed space. A metal structure covered with fine sheets of marble lets light enter through the joins, thus providing a diffuse luminosity to the small interior space. The design of this tomb recalls another of Botta's architectural experiments: the skylight of the house in Breganzona. The Hernaus grave (2) is located in a prominent corner at the junction of the two paths that run beside the long building housing the cemetery's ossuaries. A few regular fissures are cut into the surface of a granite slab with clipped corners. Delicate blades of grass, seemingly generated by the stone itself, spring forth from these man-made traces, as if to affirm the triumph of life over death.

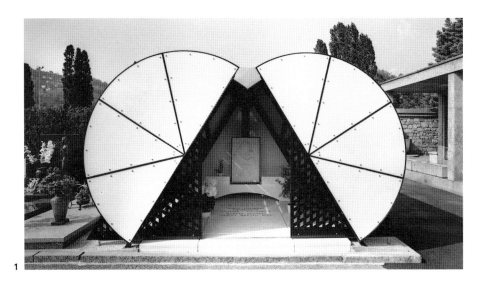

2

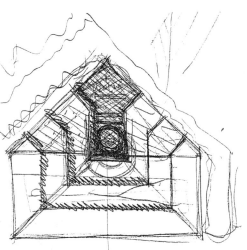

Nicholas Boyarski & Nicola Murphy

Este proyecto cuestiona la noción de monumento como señal estática o reliquia. La tumba tradicional, intersección de ejes horizontales y verticales, habla de fin, del final de la conversación. Para alterar esta noción, el éxtasis puede permitir un diálogo entre elementos infinitos y cambiantes. Esta reconfiguración necesita de materiales que representen este propósito. Una estela de vidrio, aunque frágil, puede introducir movimiento, luz y transparencia. Una base de hormigón, trasladada de la tierra, puede producir un paisaje de impresiones y texturas grabadas.Esta tumba de vidrio para Alvin y Elizabeth Boyarsky se compone de tres elementos: estela, soporte y base. La estela es de vidrio soplado a mano. Este sistema consta de un vidrio que es opaco hasta que se pule y que está lleno de vida (impurezas y burbujas de aire). Podemos ver a través del vidrio pero también podemos ver todas sus impurezas y sus respectivas sombras. La estela está encastada en el soporte de hormigón. Nombres, fechas de nacimiento y otra información han sido grabados en este soporte. La base, en su día extraída de la tierra, establece un nuevo asentamiento y está grabada con puntos que marcan fechas clave. Estos puntos son "tocados" por las sombras que proyecta la estela de vidrio, que actúa como el gnomon (el indicador de las horas en los relojes solares comunes).

The project of a glass tombstone for Alvin and Elizabeth Boyarsky questions the notion of monument as a static marker or relic. The traditional grave, intersection of horizontal and vertical axes, speaks of finality, of the end of conversation. To disrupt this stasis might allow for a dialogue between elements which could be open-ended and constantly changing. Such a reconfiguration calls for materials that are expressive of their purpose. A headstone made of glass, though fragile, could introduce movement, light and transparency. A concrete base, displaced from the earth, could allow for a landscape of cast impressions and textures. The grave comprises three elements: stone, tablet and base. The headstone is made of cast glass. This method yields a glass which is opaque until polished, and which is alive with flaws and air bubbles (by-products of intense heat and slow annealing). To look into it is both to see through it and to be diverted by impurities and by the shadows they cast. The headstone is wedged into the concrete tablet. Name, date of birth and other information has been cast into this tablet. The base establishes a new ground-plane, once removed from the earth, and is indented with points that mark key dates. These are touched by the shadow of the headstone, which acts as the gnomon (the pin of traditional sun dials).

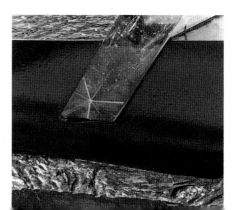

IN
LOVING MEMORY OF
ALFRED SIMMONDS
7. 8. 1900 – 27. 3. 1990

SADLY MISSED BY HIS WIFE LILIAN,
SON DEREK, DAUGHTER SYLVIA.
GRAND-DAUGHTERS DAWN AND JULIE

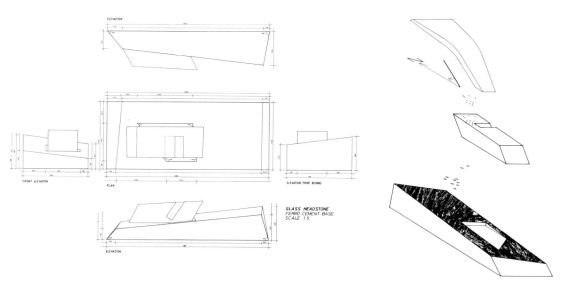

ELEVATION

FRONT ELEVATION

PLAN

ELEVATION FROM BEHIND

ELEVATION

*GLASS HEADSTONE
FERRO CEMENT BASE
SCALE 1:5*

Wim Cuyvers

La tumba para Georges Cuyvers, padre del arquitecto, consiste en dos bloques de piedra blanca de las mismas proporciones. Es el mismo tipo de piedra que se usó durante la Primera Guerra Mundial en los cementerios situados cerca de Ypres. Los dos bloques de piedra, que parecen estar flotando, se apoyan sobre una base de hormigón de menor superficie. Ambos están separados por una gruesa lámina de vidrio que sugiere la visión de la muerte. Los nombres de ambos progenitores (su madre todavía vive) están grabados en la lápida, la vida y la muerte juntas, *L'approbation de la vie jusque dans la morte*. Los bloques de piedra blanca contrastan enormemente con las lápidas negras, casi idénticas, de las tumbas situadas alrededor.

The grave of Georges Cuyvers, the architect's father, consists of two blocks of white stone. This is the same type of stone used during the First World War for the cemeteries near Ypres. The two blocks of stone, which appear to float in the air, are supported on a smaller-sized concrete base, and are separated by a thick sheet of glass, suggesting the idea of death. The names of both parents (his mother is still alive) are carved into the stone, life conjoined with death, "L'approbation de la vie jusque dans la mort." The white stone blocks form a dramatic contrast with the almost-identical black tombstones of the graves around them.

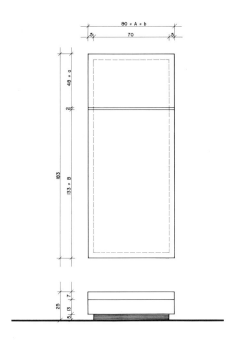

Ignazio Gardella

La misma elegancia y claridad compositivas, rasgos característicos del conjunto de la obra de Gardella, aparecen también en sus proyectos funerarios, en los cuales también podemos apreciar una voluntad de síntesis entre las formas funcionales y las tradiciones regionales. Por ejemplo, en el panteón Venini **(1)**, el revestimiento de los muros a franjas rosas y blancas remite directamente a la arquitectura de la región. De planta rectangular, este panteón surge sobre una pendiente que termina en una terraza con vistas a la población y al mar. Una escalera situada en la parte posterior da acceso a un nivel inferior dividido en dos zonas distintas: los nichos, situados bajo la entrada, y el espacio abovedado, destinado al recogimiento y a la oración, que a través de una ventana, recortada en la fachada, permite la visión del exterior. Al igual que en un templo arcaico clásico, el panteón Pirovano **(2)** se centra en la configuración de un recinto rectangular que conforma un espacio sagrado y en cuyo interior se encuentra el volumen con los diferentes nichos. El recubrimiento de los nichos es de grandes piezas de *beola*, separadas del muro y sostenidas mediante pequeños soportes. Los muros perimetrales están revestidos de pequeños cantos rodados procedentes del río Ticino. La tumba Nuvolari **(3)**, ligeramente elevada sobre el nivel del suelo, se compone de una gran lápida rectangular, construida en ladrillos macizos vistos. Los nichos se encuentran situados en la cripta inferior a la cual se accede mediante una escalera, situada en uno de los brazos de la cruz dibujada en el suelo. En el centro de esta cruz horizontal se encuentra una piedra en la cual se ha clavado una cruz de hierro y bronce.

Compositional elegance and clarity, characteristic features of all of Gardella's work, also appear in his funerary projects, in which we can also appreciate a desire for synthesis between functional form and regional tradition. In the Venini family vault (1), for instance, the facing of the walls with pink and white bands refers directly to the architecture of the region. Rectangular in plan, this vault rises up from a slope which ends in a terrace with views over the town and the sea. A stairway located to the rear gives access to a lower level divided into two distinct areas: the niches situated below the entrance; and the vaulted space, intended for meditation and prayer, which provides a view of the outside world through a window set into the facade. As in classical temples of old, the Pirovano family vault (2) is based on the configuration of a rectangular enclosure which creates a sacred space in whose interior the volume with the various niches is found. The covering of the niches is of large slabs of *beola*, separated from the wall and held in place by small supports. The perimetral walls are faced with small round stones from the River Ticino. Slightly raised above the level of the ground, the Nuvolari tomb (3) is made up of a large rectangular slab built of solid, unrendered brick. The niches are situated in the lower crypt, reached by a set of steps, located in one of the arms of the cross outlined in the ground. At the center of this horizontal cross is a stone into which an iron and bronze cross has been affixed.

1

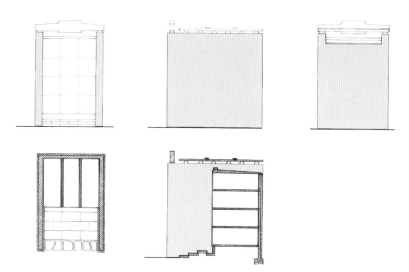

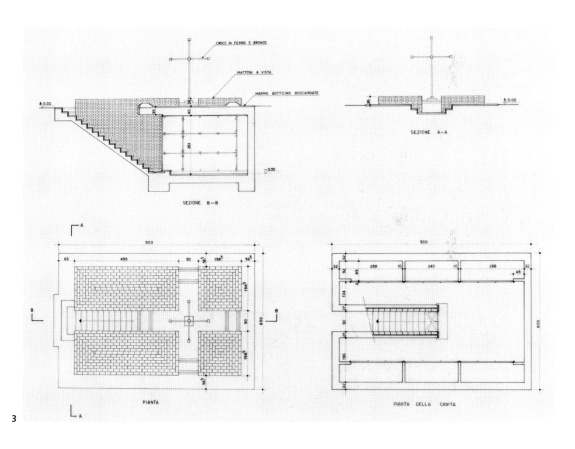

CROCE IN FERRO E BRONZO

MATTONI A VISTA

MARMO BOTTICINO BOCCIARDATO

± 0.00

SEZIONE B—B

± 0.00

SEZIONE A—A

A

900

65   490   90   198⁵   56⁵

B   B

600

PIANTA

A

900

32   288   10   240   10   288   32

600

PIANTA DELLA CRIPTA

3

Tony Garnier

Garnier proyectó tres tumbas: la tumba Gailleton (obra primeriza y poco significativa), la tumba Jancert **(1)**, situada en el cementerio de Caluire-et-Cuire en Lyon y la tumba de la propia familia **(2)**, situada en otro cementerio de la misma ciudad. En ambas tumbas, el creador de la *Cité industrielle*, propulsor de los principios fundamentales del urbanismo del movimiento moderno y pionero en la utilización de nuevos materiales y tecnologías, recurre a un lenguaje de inspiración clásica. Mientras la tumba Jancert, de factura discreta y bastante tradicional (piedra gris, granito rosa, jarrones de piedra en forma de urna ...), queda plenamente integrada y casi pasa desapercibida en su entorno, la tumba familiar (donde el propio Garnier también está enterrado) sobresale con su voluminosa presencia por encima de las tumbas del cementerio del barrio de la Croix-Rousse de Lyon. La potente imagen de esta tumba-pilar ejerce una función simbólica similar a la de la cruz o a la del árbol en su representación como "eje del mundo".

Garnier designed three graves: the Gailleton grave (a juvenile work of minor significance); the Jancert grave (1) **in the Caluire-et-Cuire Cemetery in Lyons; and his own family's tomb** (2) **in another cemetery in the same city. In both tombs the creator of the Cité industrielle, a precursor of the basic principles of Modern Movement urbanism and pioneer in the use of new materials and technologies, has recourse to a language of classical inspiration. While the Jancert grave, discreet and rather traditional in its handling (gray stone, pink granite, stone urns), is completely integrated and passes almost unnoticed within its surroundings, the voluminous presence of the family tomb (where Garnier himself is also interred) projects above the other tombs in the cemetery of the Croix-Rousse quarter of Lyons. The powerful image of this pillar-like tomb has a function similar to that of the cross or the tree in their symbolization of the 'axis mundi'.**

1

2

Walter Gropius

Aunque no sean tan conocidas ni emblemáticas como el monumento a los caídos de marzo en Weimar (1922), Gropius también proyectó tres tumbas durante la época de residencia en Alemania. En 1984, dos de ellas, la tumba Mendel **(1)** y la tumba Reis **(2)** fueron identificadas y reconocidas como obras de Gropius por profesores de la Escuela de Arquitectura y Construcción de Weimar. En 1923, Gropius recibió el encargo de diseñar una tumba para Albert Mendel que era comerciante de Berlín-Wansee y había fallecido en 1922. La tumba, un conjunto asimétrico construido en travertino de Ehringdorf, fue realizada conjuntamente por el taller de talla de piedra de la Bauhaus y el taller de Gustav Haubold. El proyecto y la maqueta de la tumba Reis también fueron realizados por el estudio de Gropius conjuntamente con el mismo taller de talla en piedra de la Bauhaus. La tumba, de mármol travertino, se compone de una estela con una inscripción grabada y apoyada sobre una losa vertical. La tumba de Erwin Bienert **(3)**, importante industrial y coleccionista de arte moderno, es una ampliación de la antigua tumba familiar. La pared lisa de la parte posterior es de piedra arenisca y presenta una inscripción en letras de bronce repujadas.

Although not as well known or emblematic as the Monument to the March Victims in Weimar (1922), Gropius also designed three tombs during the time of his stay in Germany. In 1984 two of these, the Mendel (1) **and the Reis tomb** (2)**, were identified and recognized as Gropius' work by professors in the Weimar School of Architecture and Building. In 1923 Gropius received a commission to design a tomb for Albert Mendel, a merchant from Berlin-Wansee who had died in 1922. The tomb, an asymmetrical entity built of Ehringdorf travertine, was jointly realized by the stoneworking studio of the Bauhaus and the Gustav Haubold workshop. The design and model of the Reis tomb were also realized by Gropius' studio in conjunction with the Bauhaus stoneworking department. The travertine marble tomb consists of a stele with a chiseled inscription leaning on a vertical slab. The grave of Erwin Bienert** (3)**, an important industrialist and collector of modern art, is an amplification of the ancient family tomb. The smooth wall at the back is of sandstone and bears a bronze inscription in relief.**

1

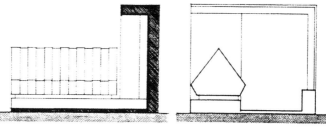

3

Hector Guimard

Guimard fue bastante prolífico en cuanto al diseño de tumbas y monumentos funerarios se refiere. La mayoría de ellas son encargos de sus clientes y amigos como la tumba de la familia Obry Jassedé **(1)**, la de Charles Deon Levent **(2)** o la de Mme. Rouchdy Bey Pacha **(3)**. Algunas, como las de Victor Rose **(4)**, Albert Adès **(5)** y las familias Giron, Mirel y Gaillard **(6)** son más convencionales y en la línea de la tradición Beaux Arts pero, la mayoría de ellas, son ricas en motivos ornamentales *art nouveau* como, por ejemplo, la tumba de la familia Devos Logie **(7)** para la cual diseñó todos los detalles: desde la reja de la entrada y el vitral posterior hasta el crucifijo situado sobre el altar interior. La tumba para la familia Caillat **(8)**, situada en el conocido cementerio de Père Lachaise en París, es quizás, en su conjunto, la obra que mejor expresa el refinamiento y la riqueza decorativa propia del estilo de Guimard.

Guimard was rather prolific when it came to designing tombs and funerary monuments. The majority of these are commissions from clients and friends, as in the tomb of the Obry Jassedé family (1)**, and that of Charles Deon Levent** (2) **or Mme Rouchdy Bey Pacha** (3)**. Some, like those of Victor Rose** (4)**, Albert Adès** (5) **and the families Giron, Mirel and Gaillard** (6)**, are more conventional and fall within the Beaux-Arts tradition, but most of the others are rich in Art Nouveau ornamental motifs. A good example is the tomb of the Devos Logie family** (7)**, for which he designed all the detail: from the entrance grille and the rear stained-glass window to the crucifix on the interior altar. The tomb for the Caillat family** (8) **in the famous Paris cemetery of Père-Lachaise is perhaps the single work that best expresses the refinement and decorative richness typical of Guimard's style.**

1

2

3

4

5

6

7

Josef Hoffmann

La obra de Hoffmann se desarrolla dentro de un campo amplio y heterogéneo en el cual las tumbas constituyen un importante capítulo. La mayoría de sus tumbas fueron realizadas para los mismos clientes para quienes diseñó interiores, apartamentos y villas de veraneo. Para ellos también realizó sus últimas casas. En estos proyectos, Hoffmann establece vínculos con las monumentales formas de la antigüedad y, en su búsqueda de una mayor simplicidad elemental, eligió las formas arcaicas arquetípicas: el túmulo, el obelisco, el bloque monolítico, etc... Aunque, mediante la utilización de recursos ornamentales varios —como las molduras, la escultura o el tratamiento de la vegetación— supo contrarrestar dicha monumentalidad con una mayor delicadeza y humanidad. La tumba para Carl Hochstetter **(1)** se encuentra situada en el cementerio de Grinzinger. Actualmente pertenece a la familia Resch-Reichel y ha sido modificada levemente (la inscripción ha sido sustituida por otra y la reja que la delimitaba ha sido eliminada). La lápida, rematada en forma de cruz, está flanqueada por dos relieves metálicos con motivos florales. La tumba para la familia Wittgenstein **(2)**, también realizada a principios de siglo, se compone de un recinto de forma octogonal descubierto y abierto en una de sus caras. Las paredes, de granito ocre que combina con el granito gris de la base, son rematadas por una cornisa que se proyecta ampliamente hacia el exterior y el interior. En el interior, las paredes están cubiertas con inscripciones y, en el centro, una gran lápida, flanqueada por dos parterres de flores, señala el lugar de la sepultura. De entre todos sus proyectos funerarios destaca, por su moderna simplicidad, la tumba realizada para Gustav Mahler **(3)**. Hoffmann estaba a punto de construir una casa de veraneo para Mahler cuando éste falleció. Realizó varios proyectos previos para esta tumba antes de decidirse por el definitivo que consiste en una estela situada en la parte posterior de un rectángulo cubierto por la vegetación y delimitado por un simple borde de piedra. Algunas tumbas, entre otras muchas, que testimonian el numeroso y variado repertorio de Hoffmann son la tumba Zückerland (1911) **(4)**, la tumba Knips (1919) **(5)**, la tumba Bernatzik (1920) **(6)** y la tumba para Eduard Ast (1923) **(7)**.

Hoffmann's work extends across a wide and heterogeneous field, of which tombs form an important part. Most of his tombs were built for the same clients for whom he designed interiors, apartments and summer villas. He also constructed his last houses for the same people. In these projects Hoffmann established links with the monumental forms of Antiquity and, in this search for greater freedom and simplicity, he lighted on archetypal archaic forms: the tumulus, the obelisk, the monolithic block, etc. Through various ornamental means —such as moldings, sculpture and the controlled use of greenery— he was, however, able to offset that monumentality by appealing to a greater sense of delicacy and humanity. The tomb for Carl Hochstetter (1) is to be found in Grinzinger Cemetery. It currently belongs to the Resch-Reichel family and has been slightly modified (the inscription has been changed and the railings that once demarcated it have been removed). Topped by a cross, the tombstone is flanked by two metal reliefs bearing floral motifs. The tomb for the Wittgenstein family (2), also constructed at the beginning of the century, consists of an octagonal enclosure open and exposed on one side. Blending with the gray granite of the base, the ochre granite walls are crowned by a wide cornice which projects towards the exterior and interior. In the interior the walls are covered with inscriptions, while in the center a huge tombstone, bordered by two flowerbeds, marks the location of the grave. Among the remainder of his funerary designs the tomb constructed for Gustav Mahler (3) is noteworthy for its modernist simplicity. Hoffmann was about to build a summer residence for Mahler when the latter died. He created a number of different versions of this tomb before deciding on the definitive design, which consists of a stele located to the rear of a rectangle covered in greenery and delimited by a simple stone border. Others among his many tombs which bear witness to Hoffmann's extensive and varied repertoire are the Zückerland tomb (1911) (4), the Knips tomb (1919) (5), the Bernatzik tomb (1929) (6) and the tomb for Eduard Ast (1923) (7).

1

2

3

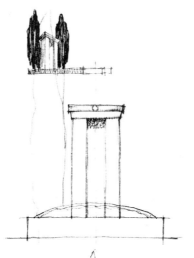

4

5

6

7

Victor Horta

Para Horta, tal y como explica en sus memorias, un monumento fúnebre se diferencia de un monumento "civil" en que el primero es un tema arquitectónico *per se* en el cual no es necesaria la intervención de la escultura. En sus proyectos paras numerosas tumbas, encargos de una clientela paralela a sus edificios e interiores, Horta desarrolla interpretaciones muy personales y desligadas de la imaginería tradicional. Sus obras se inspiran en dos tipos de tumbas: el sarcófago, más cercano a la tradición y las variaciones sobre el tema de la estela y la lápida. La tumba Verheven es un ejemplo del primer tipo: representa un sarcófago de granito cuyas patas de bronce se apoyan en una base de 130 cm de altura dando la impresión de tratarse de un catafalco de grandes proporciones. Otra tumba importante, la de Alfred Solvay **(1)**, realizada en 1894 también parte de la idea del sarcófago aunque posteriormente fue trasladada a otro lugar y modificada por el propio Horta. Otras tumbas que destacan de su producción fúnebre son la tumba de la familia Stern **(2)** y la tumba para la familia Cressonières **(3)**.

For Horta, as he explains in his memoirs, a funerary monument is different from a 'civic' monument in that the first is an architectural theme *per se* in which the intervention of sculpture is unnecessary. In his numerous tomb designs, commissioned by the same clientèle as that for his buildings and interiors, Horta makes interpretations that are extremely personal and devoid of traditional imagery. His works are inspired by two kinds of tomb: the more or less traditional sarcophagus, and variations on the theme of the stele and the gravestone. The Verheven tomb is an example of the first: it depicts a granite sarcophagus whose bronze feet rest on a base some 130 cm high, giving the impression of being a catafalque of enormous size. Another important tomb, that of Alfred Solvay (1), constructed in 1894, also originates in the idea of the sarcophagus, although it was later moved to another site and modified by the architect himself. Other noteworthy Horta tombs are those of the Stern family (2) and the Cressonières family (3).

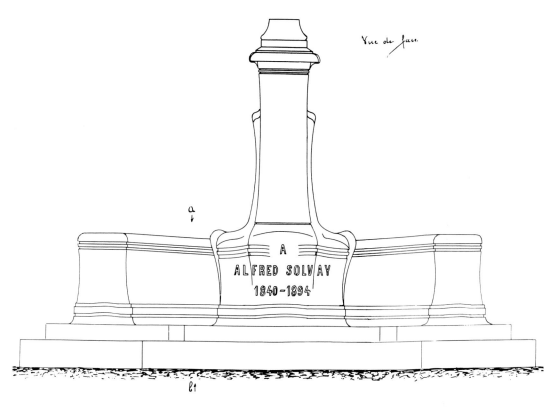

Vue de face.

a

A
ALFRED SOLVAY
1840-1894

b

1

2

3

Arata Isozaki

La mujer de Luigi Nono, Nuria Schoenberg, hija del compositor Arnold Schoenberg, encargó a Arata Isozaki la tumba de su marido. Ambos visitaron juntos el lugar donde debía erigirse la tumba en el cementerio de San Michele, en Venecia. Desde el principio, Isozaki pensó en colocar una piedra de basalto y con este propósito visitó el taller de Morseletto en Vicenza. En el taller había varios prototipos de tumbas diseñadas por Carlo Scarpa pero no encontró basalto pues este tipo de piedra no se da en la región veneciana. Así pues encargó el bloque de basalto a una cantera de Castellfollit de la Roca (Barcelona) y la hizo mandar a Vicenza donde posteriormente viajó para dar instrucciones sobre cómo cortarla y pulirla. La roca de basalto está situada en la parte superior de la tumba y en la parte inferior se encuentra una piedra pulida con el epitafio grabado en ella. Ambas están rodeadas de hiedra y el perímetro de la tumba es de mármol blanco procedente de la región veneciana.

The wife of Luigi Nono, Nuria Schoenberg, daughter of the composer Arnold Schoenberg, commissioned her husband's gravestone from Arata Isozaki. Together, they visited the place where the gravestone was to be set up in the cemetery of San Michele in Venice. Isozaki immediately thought of positioning a basalt block, and with this in mind he visited the Morseletto workshop in Vicenza. In the workshop there were various prototypes of tombs designed by Carlo Scarpa, but he encountered no basalt, since this type of stone does not occur in the Venice region. He then ordered a block of basalt from a quarry in Castellfollit de la Roca (Barcelona) and had it sent to Vicenza, where he later travelled to give instructions on how to cut and polish it. The basalt rock is positioned in the upper part of the grave, while in the lower there is a polished piece of stone with the epitaph carved in it. Both have ivy around them, and the edging of the grave is of white marble from the Venice region.

René Lalique

Situada en la avenida Cristobal Colón del cementerio, la tumba de Catalina Lasa es una de las capillas más hermosas y monumentales. Fue encargada por Juan Pedro Baró, viudo de Catalina Lasa, a René Lalique en 1936. Los materiales son el marmol blanco, el granito negro y el cristal morado. Destaca el perfecto equilibrio entre los dos volúmenes que componen esta tumba: el volumen que sirve de marco a la gran portada de granito negro, trabajada en bajorrelieve y el del ábside, de cubierta abovedada y adornada con incrustaciones de cristal de Murano donde fueron talladas corolas de rosas "Catalina Lasa".

On Cristobal Colón Avenue, Catalina Lasa's tomb is one of the most beautiful and monumental chapels. It was built in honor of Catalina Lasa by her husband, Juan Pedro Baró, and designed by René Lalique in 1936. The materials are white marble, black granite and violet glass. What is most impressive about this chapel is the perfect balance of its two volumes, that of the main facade with the black granite door, in bas-relief, and that of the apse, vaulted and decorated with blocks of Murano crystal in which Lalique carved 'Catalina Lasa' roses.

Le Corbusier

Le Corbusier proyectó su propia sepultura situada en el cementerio de Roquebrune en 1957, año en que falleció su esposa Yvonne. Situada al pie de un alto y grueso ciprés, la tumba consiste en una simple y discreta lápida horizontal sobre la cual sobresalen dos volúmenes de hormigón: un cilindro hueco, utilizado como maceta y una forma sólida, angulosa, en la cual se inscriben ambos epitafios sobre una superficie esmaltada de varios colores. En la base, también de hormigón, hallamos una cruz y la huella de dos conchas marinas. Las formas geométricas establecen un diálogo con la naturaleza y el paisaje circundante.

Le Corbusier designed his own tombstone in the cemetery of Roquebrune in 1957, the year his wife Yvonne died. Located at the base of a tall and massive cypress, the grave consists of a simple and discreet horizontal slab from which two concrete volumes project: a hollow cylinder, used as a receptacle for flowers; and a solid, angular form on which both epitaphs are inscribed on a surface enamelled in various colors. On the base, also of concrete, we find a cross and the imprint of two seashells. The geometrical forms establish a dialog with nature and the surrounding landscape.

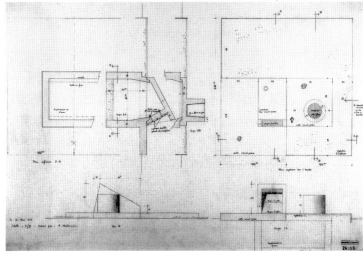

Sigurd Lewerentz

La arquitectura religiosa y funeraria está altamente representada en la obra de Lewerentz. Entre 1921 y 1930 realizó varias propuestas para la tumba del empresario Ernst Malmström **(1)** en la cumbre de la colina de Lindhagen, una zona del Cementerio del Norte que se desarrolló a principios de siglo para albergar las tumbas de los nuevos ricos. El proyecto final, una estructura rectilínea con una suave cubierta a doble vertiente, destaca por una austeridad que proporciona a la tumba un aire de refinada grandeza. Originalmente el panteón fue construido con una pequeña puerta elevada, situada en el centro de la fachada principal, y accesible a través de unos inclinados escalones. Esta idea diverge profundamente de la tumba actual que se acerca más al vecino panteón de la familia Rettig (1926-1928) proyectado por Asplund. En otra ocasión, Lewerentz se ocupó de proyectar el lugar de sepultura de la familia de Teodor Bergen en la pequeña isla de Utterö, perteneciente al archipiélago de Estocolmo **(2)**. En Utterö, Lewerentz propuso introducir tres elementos básicos —el sendero, la tumba y la cruz— en un entorno agreste. Un embarcadero de piedra y un sendero conducen directamente del agua a un pequeño claro. El sendero termina en la tumba: una lápida horizontal, simple, colocada sobre una plataforma baja. Entre los abetos circundantes, encontramos una fina cruz de madera, recortada contra el horizonte. Lewerentz individuó cada elemento de forma que adquiriera más significado. Este proyecto tiene paralelismos evidentes con el proyecto posterior de Asplund para el camino de la Cruz en el Cementerio del Bosque (1935-1940).

Religious and funerary architecture is well represented in Lewerentz's work. Between 1921 and 1930 he made a number of proposals for the family tomb of factory manager Ernst Malmström (1) **at the summit of Lindhagen's Hill, a rocky outcrop dotted with mausolea that was developed in Stockholm's North Cemetery during the early 20th century to serve the aspirations of the *nouveau riche*. The final design, a compact, rectilinear structure with a shallow pitched roof, is notable for its austerity, which gives the tomb an air of refined grandeur. It was originally** (2) **built with a small door positioned high on the facade, inaccessible even by the steep central stairway. This idea differs profoundly from the present structure, which was modified at an unknown date to more closely resemble the entrance to Asplund's adjoining Rettig family vault (1926-1928)** (3). **On another occasion he was also given charge of the setting for a private burial site for the family of Teodor Bergen on the tiny island of Utterö in the Stockholm archipelago** (4). **At Utterö Lewerentz proposed to place three basic elements —path, grave, and cross** (5)— **in an otherwise natural setting. A stone pier and pathway lead directly from the water to a small clearing. The path ends beside the grave, a simple horizontal slab on a low platform** (6), **while a break in the encircling fir trees reveals a slim wooden cross profiled against the horizon. Lewerentz isolated each element to augment its significance. His 1929 design has striking parallels with Asplund's later scheme for the Woodland's Cemetery's Way of the Cross.**

1

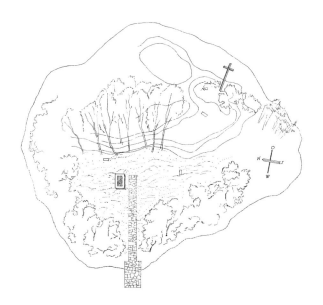

Adolf Loos

En 1919, Loos proyectó la tumba del poeta y amigo Peter Altenberg **(1)** presidida por una gran cruz de madera y el epitafio *Er liebte und saht*. Cuando falleció Max Dvorák, profesor de historia del arte de la universidad de Viena, Loos diseñó su tumba aunque este proyecto nunca llegó a realizarse **(2)**. La tumba debía ser en granito negro sueco y estaba previsto que la *cella* interior estuviera decorada con frescos de Oscar Kokoschka. En los últimos años de su vida, Loos pasó temporadas en varios sanatorios. Durante una de estas múltiples estancias, realizó algunos bocetos para su propia tumba **(3)** y, dando muestras de su buen humor habitual, le pidió a su esposa: "Quiero que mi tumba sea un cubo de granito. Pero no muy pequeño, pues parecería un tintero". Cuando murió, la ciudad de Viena pusó a su disposición una parcela del Cementerio Central, situada en la zona donde están enterrados los hombres y mujeres ilustres. H. Kulka diseñó los planos de acuerdo con los bocetos de Loos y sus amigos sufragaron los gastos. La tumba consiste en un bloque macizo cuadrado de granito con el nombre grabado en una de las caras del cubo. Existe otro boceto de Loos para su tumba cuyo original se ha extraviado y que consistía en una peana para el busto de Loos que el escultor austríaco Francis Wills había realizado en 1931.

In 1919 Loos designed the tomb of his friend, the poet Peter Altenberg (1)**, a grave dominated by a large wooden cross and the epitaph 'Er liebte und saht'. On the death of Max Dvorák, Professor of Art History at the University of Vienna, Loos designed his tomb, although this project was never realized** (2)**. The tomb was to be in Swedish black granite and it was envisaged that the interior *cella* would be decorated with frescoes by Oskar Kokoschka. In the last years of his life Loos spent time in different sanatoria. During one of these many stays he made a number of sketches for his own tomb** (3) **and, displaying his habitual sense of humor, told his wife: "I want my tomb to be a granite cube. But not too small, or it will look like an inkstand." When he died the city of Vienna accorded him a plot in the Central Cemetery, in the section where famous men and women are buried. H. Kulka designed the plans in accordance with Loos' sketches, and his friends defrayed the costs. The tomb consists of a massive granite cube with his name carved on one of the faces. In another sketch by Loos, the original of which has been lost, his tomb formed the base for a bust of the architect made by the Austrian sculptor Francis Wills in 1931.**

1

2

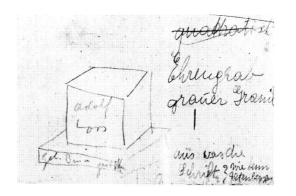

3

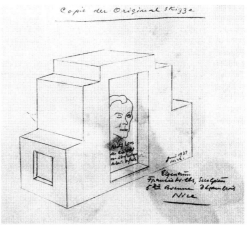

Sir Edwin Lutyens

A lo largo de su vida, sir Edwin Lutyens (1869-1944) diseñó más de 133 memoriales de guerra y cementerios para conmemorar a los soldados británicos que dieron su vida durante la Primera Guerra Mundial. Lutyens también diseñó numerosas tumbas para clientes privados entre las cuales destaca este mausoleo para la familia Philipson situado en el cementerio del Golders Green Crematorium de Londres. De planta circular y de evidente inspiración clásica, el mausoleo cuenta con una pared concéntrica adicional de piedra en forma de celosía.

During his life Sir Edwin Lutyens (1869-1944) designed more than 133 war memorials and cemeteries for the British soldiers who lost their lives during the First World War. Lutyens also designed many tombs for private clients, noteworthy among which is this mausoleum for the Philipson family, located in the cemetery of Golders Green Crematorium in London. Circular in form and clearly classical in inspiration, the mausoleum has an additional concentric wall of stone latticework.

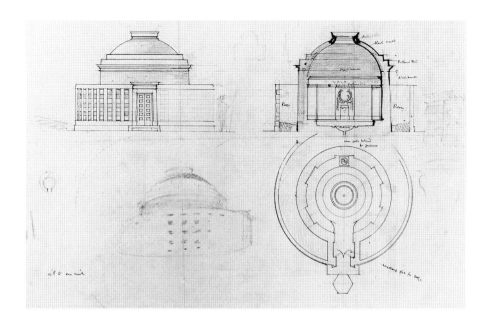

Josep Llinàs

Dadas las reducidas dimensiones del solar (4 x 4 m) y del espacio libre alrededor del mismo (una acera de un metro lo separa de los restantes solares) el proyecto de un panteón convencional, con espacio interior, obligaba a construir un volumen difícilmente compatible con los panteones próximos. La solución construida considera que lo que califica a la misma (que como tal es absurdamente elemental) en cuanto panteón, es el señalamiento del límite de un espacio. En el diseño de este límite (la reja) se ha concentrado el mayor esfuerzo del proyecto; por otra parte esta manera de determinar la apariencia del panteón, concentrándola en el límite del mismo, es común a la mayoría de los panteones de construcción no reciente del cementerio de Masnou.

Given the reduced dimensions of the plot (4 x 4 meters) and of the space around it (a paved area one meter wide separates it from the surrounding plots), the project for a conventional family vault, with space within, called for the building of a volume that was more or less incompatible with the neighboring vaults. As built, the solution considers that what defines it as a vault (which is in itself absurdly simple) is the signalling of the boundaries of a space. The main focus of the project has been on designing this boundary (the grille); on the other hand such a way of defining the vault's look, concentrating this on its boundaries, is common to most of the older vaults in the Masnou cemetery.

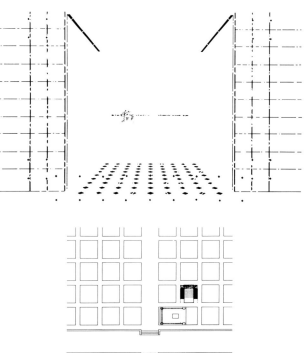

Charles Rennie Mackintosh

La tumba Reid (1898) **(1)**, recientemente restaurada, es una obra muy acorde con la producción contemporánea de Mackintosh. La tumba, ubicada en el pequeño cementerio de Kilmacolm, consta de una estela vertical realizada en piedra arenisca local. La inscripción, situada en la parte superior, está flanqueada por dos cabezas humanas, en bajorrelieve, envueltas en los típicos bucles sinuosos que constituyen un segundo marco para la composición. Todo el detalle ornamental se concentra principalmente en esta zona y es enfatizado mediante los motivos lineales del cabello y el tratamiento liso de la superficie restante. Mackintosh realizó además otras dos tumbas: la tumba de Alexander McCall (1888) **(2)** en el cementerio de Glasgow —obra primeriza realizada cuando Mackintosh trabajaba como aprendiz en el taller del arquitecto local John Hutchison— y la tumba para el reverendo Alexander Orrock Johnston (1905-1906) en el cementerio de East Wemyss (Fife, Escocia), muy alterada en intervenciones posteriores. Mackintosh proyectó también un memorial de guerra atribuido a sir Patrick Geddes (1915-1918) que nunca

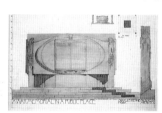

llegó a realizarse. De inspiración similar al diseño de la tumba para el reverendo Orrock Johnston, este proyecto es, para el profesor Ian Paterson, uno de los mas modernos e inusuales dentro de la arquitectura funeraria de Mackintosh.

Recently restored, the Reid grave (1898) (1) is a work typical of Mackintosh's production of the time. Housed in the small cemetery at Kilmacolm, the grave consists of a vertical stele of local sandstone. The inscription in the upper part of this is flanked by two human heads in low relief surrounded by looping whorls which form a second frame for the composition. All the ornamental detail is concentrated in this area and is emphasized by tress-like linear motifs and the smooth treatment of the remainder of the surface. Apart from this one Mackintosh designed two other graves: the grave of Alexander McCall (1888) (2) in Glasgow Cemetery —an early work, realized when Mackintosh worked as an apprentice in the workshop of local architect John Hutchison—, and a grave for the Reverend Alexander Orrock Johnston (1905-1906) in the cemetery at East Wemyss (Fife, Scotland), much altered by subsequent interventions. Mackintosh also designed a war memorial to Sir Patrick Geddes (1915-1918), which was never built. Similar in inspiration to the Reverend Orrock Johnston's grave, this design is, for Professor Ian Paterson, one of the most modern and unusual within Mackintosh's funerary architecture.

2

1

105

Christos Papoulias

La tumba, situada en el cementerio de Levadia, se compone de una única pieza de mármol, de 5 cm de grosor, de la misma medida que una cama individual. La planta de una capilla de planta cruciforme está grabada en el mármol. El dibujo de la planta está realizado a base de pequeños trazos rectangulares que, cuando llueve, se llenan de agua formando pequeños estanques donde los pájaros beben y las nubes se reflejan (vida y movimiento). A lo largo de los años, el desgaste hace que la incisión sea más profunda. El lugar del monumento es como un límite vallado dentro del cual la arquitectura puede tener su principio y su final. El monumento es el *topos* en el cual la "alegoría" de la esencia escondida, enterrada, puede suceder. Lo "fragmentario" de este monumento funerario redime por sí mismo la idea de la totalidad en arquitectura y esta "muy pequeña parte" que se abre al lenguaje artístico como referencia vuelve a lo que es esencial en la arquitectura.

This grave in the cemetery in Levadia consists of a single piece of marble 5 cm thick, the same size as a single bed. The floorplan of a cruciform chapel is carved into the marble. The drawing of the plan is formed of small, rectangular incisions which, when it rains, fill up with water to form small pools where birds drink and clouds are reflected (life and movement). Over the years erosion causes the incision to get deeper. The monument site is like a defensive boundary within which the architecture can encounter its beginning and its end. The monument is the 'topos' in which the 'allegory' of a concealed, buried essence can come about. The fragmentary nature of this funerary monument itself redeems the idea of totality in architecture, and this 'miniscule part' which uses artistic language as its reference returns to what is essential in architecture.

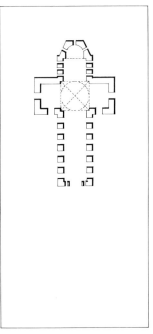

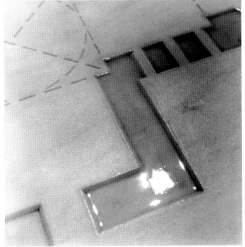

José Domingo Peñafiel

Este panteón para la familia Phillips-Sáenz está situado en el cementerio más antiguo y tradicional de Santiago, en el viejo barrio Recoleta, donde, bajo la sombra de magnolios y coníferas, se encuentran las tumbas y mausoleos de los principales personajes de la historia del país. La tumba de la familia Phillips-Sáenz se planteó a partir del uso de un solo material, el hormigón visto, en paramentos horizontales y verticales, interiores y exteriores. El cuerpo de la tumba está constituido por la intersección de dos volúmenes: un cubo (espacio) y un paralelepípedo (dirección). Integrándose con las viejas tumbas del entorno, la textura de las superficies de hormigón es lisa gracias a los moldajes de placa revestida en fórmica, las lápidas son de mármol blanco de Carrara, el pavimento es de piedra y las rejas son de hierro galvanizado. La luz en un umbral cúbico de hormigón produce una tumba-capilla en el interior donde la relación con el mundo exterior está reducida exclusivamente al tenue paso de la luz.

This vault for the Phillips-Sáenz family is situated in the oldest and most traditional cemetery in Santiago, in the old Recoleta area where, beneath the shade of magnolias and conifers, the tombs and mausolea of the principal actors in the country's history are found. The Phillips-Sáenz family tomb is formed of the intersecting of two volumes: a cube (space) and a parallelepiped (direction). Well-integrated within the old tombs surrounding it, the texture of the concrete surfaces is smooth, due to the panel moldings faced in formica, the gravestones are of Carrara white marble, the paving of stone and the grilles of galvanized iron. The light falling on a cube-shaped liminal space of concrete produces an interior tomb-chapel whose relation to the outside world is entirely reduced to the tenuous passage of said light.

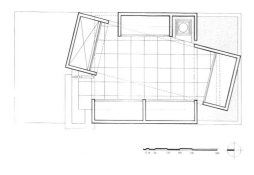
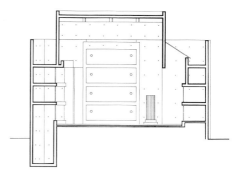

Marcello Piacentini

El mausoleo "para un conocido millonario americano", proyectado por Marcello Piacentini y decorado con bajos y altos relieves por el escultor Angelo Zanelli, fue encargado a ambos artistas por un millonario americano. Por expresa voluntad del cliente el mausoleo tenía que ser en estilo clásico y de planta circular. Piacentini propúsó un mausoleo inspirado en el templo de Vesta, donde el espacio interior, con cuatro aberturas, hubiera sido realizado en mármol blanco de Carrara mientras que el hemiciclo de las columnas exteriores hubiera sido construido en marmol de color. En la parte superior del interior de la *cella* un friso continuo con figuras casi a tamaño natural hubiera representado la vida del cliente. Además, los acabados del mausoleo preveían la cubierta de láminas de bronce así como un artesonado del mismo material. Piacentini diseño otras dos tumbas, el panteón Campos y el panteón Acanfora, ambos realizados en 1909 y situados en el cementerio romano del Verano.

This mausoleum "for a well-known American millionaire", designed by Marcello Piacentini and decorated with low and high reliefs by the sculptor Angelo Zanelli, was commissioned from both artists by an American millionaire. According to the client's express wishes the mausoleum was to be in the classical style and circular in form. Placentini suggested a mausoleum inspired by the Temple of Vesta, in which the interior space, with four openings, was to have been realized in white Carrara marble, with the semicircle of exterior columns constructed in colored marble. In the upper part of the inside of the *cella* a continuous frieze of almost life-sized figures represented the client's life. In addition the finishes of the mausoleum allowed for a roof of bronze sheeting, plus a coffered ceiling of the same material. Piacentini designed two other tombs, the Campos family vault and the Acanfora family vault, both realized in 1909 and situated in the Roman Cimitero del Verano.

Pino Pizzigoni

Entre las numerosas tumbas proyectadas por Pino Pizzigoni destaca por encima de las demás la tumba Baj (1946) **(1)**. En esta tumba, concebida como un verdadero objeto de uso puramente representativo, Pizzigoni aplica sus conocimientos sobre el comportamiento estático del granito. En palabras del propio Pizzigoni, "... el granito es usado como construcción, no como decoración...". La estructura principal, entrecruzada y compuesta por dos tipos de pilares, contiene tres lápidas (inicialmente iban a ser cuatro). Una estructura auxiliar perimetral, compuesta de cuatro elementos medianos y cuatro angulares, confiere estabilidad a la totalidad de la estructura. Esta segunda estructura, desplazada en relación a la estructura principal, rompe la simetría y le confiere dinamismo al monumento. La articulación del sistema estructural genera dos paralelepípedos cuadrados sobrepuestos que se apoyan en una base cuadrada de granito verde. Esta búsqueda de nuevos modos de representación a partir de esquemas clásicos es una constante en la obra de Pizzigoni. Otra de las arquitecturas funerarias de Pizzigoni a destacar es la tumba Brandolisio (1966) **(2)**. De inspiración oriental, este sarcófago, de gran fuerza expresiva, está compuesto de cuatro bloques de piedra encastrados que forman una cruz.

Among the many tombs designed by Pino Pizzigoni there is one that stands out above the rest: the Baj tomb (1946) (1). In this tomb, conceived of as a purely figurative object, Pizzigoni applies all his knowledge of the intrinsic behavior of granite. In Pizzigoni's own words, "the granite is used as construction, not as decoration." The main structure, made up of two interwoven kinds of pillars, contains three gravestones (there were originally going to be four). An additional perimetral structure, consisting of four semi-regular and four angular elements, grants stability to the structure as a whole. This second structure, off-centered in relation to the main one, interrupts the symmetry and lends dynamism to the monument. The articulation of the structural system generates two superposed square parallelepipeds resting on a square base of green granite. This search for new representational forms based on classical models is a constant in Pizzigoni's work. Another noteworthy example of Pizzigoni's funerary architecture is the Brandolisio tomb (1966) (2). Oriental in inspiration, this highly expressive sarcophagus is made up of four interlocked blocks of stone which form a cross.

1

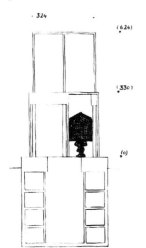

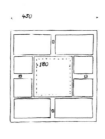

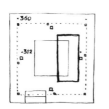

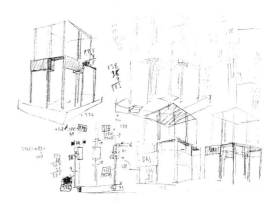

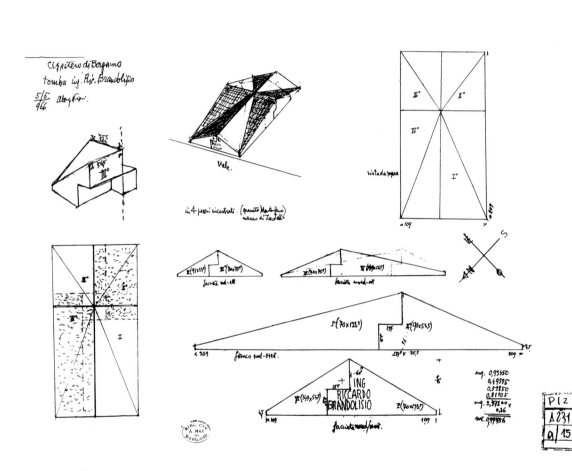

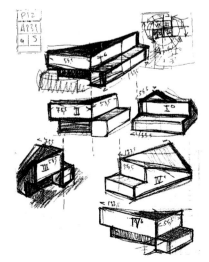

Josef Plecnik

En los monumentos funerarios Plecnik pudo desarrollar libremente una gran variedad de nuevas formas que no requerían una justificación funcional. Tenían que ser claramente simbólicas, de inspiración historicista, y los distintos elementos podían combinarse para crear nuevas composiciones. Una tipología muy utilizada por Plecnik para sus diseños de tumbas fueron los pequeños panteones rodeados de vegetación o delimitados por una columnata. Las columnas son un elemento que aparece constantemente en su arquitectura funeraria como así demuestra la tumba para la familia Vodnik **(1)**, tallistas de piedra de larga tradición y asiduos colaboradores de Plecnik. Esta tumba se compone de una columnata y un enorme capitel en alusión al buen oficio de estos artesanos y, en el interior, consta de una enorme y monolítica tumba con la cubierta en forma de cruz. Otra tumba en la cual también aparece una columnata es la tumba para la familia Krakar **(2)** realizada conjuntamente con uno de sus estudiantes, Vinko Lenarcic. También aparece un capitel en la insólita solución para la tumba de la familia Aljancic **(3)** donde un enorme y refinado capitel sostiene la estela con la inscripción. El porche o baldaquino sostenido por columnas también es otro elemento habitual como, por ejemplo, en la tumba para el político conservador esloveno Dr. Ivan Susteric **(4)** realizada por encargo de sus amigos en 1936 y situada en el cementerio de Zale. La pequeña tumba para la familia del Dr. Blumauer **(6)** es menos grandiosa y consiste en un simple cilindro, coronado por un porche, que sugiere la idea del *tolos* y recuerda al proyecto del panteón para el barón Klimburg en el cementerio de Döbbling (Viena) **(7)**. En la tumba para los obispos y sacerdotes de Lubliana **(8)**, situada a lo largo de la avenida central del cementerio, Plecnik utiliza la cripta como elemento principal sobre la cual se encuentra un simbólico altar con un cáliz y una custodia. Encima, una imagen de Jesucristo, tendiendo la mano desde la cruz, que utilizó como nuevo elemento iconográfico en varias ocasiones. La sepultura de la familia Plecnik **(9)** también se encuentra en el cementerio de Zale y se compone de tres tumbas: a la izquierda, la de su hermano Janez, doctor en medicina, consta de una lápida de mármol con una columna estriada; en el centro, la estela también de mármol de la tumba del propio arquitecto y, a la derecha, escondida entre los arbustos, una pequeña tumba de granito negro y en forma de casa para la hermana de Plecnik y su familia. Otro elemento simbólico, la puerta, aparece, con un marco de granito enmarcando una escultural cruz de hierro, en la tumba para la familia Kozak **(5)**. Otra tumba interesante es la tumba colectiva para los franciscanos de Lubliana **(10)** en la cual destaca la tumba de Stanislav Skrabec situada bajo una gran cruz también diseñada por Plecnik.

1

2

In his funerary monuments Plecnik was able to freely develop a wide variety of new forms which did not require functional justification. Clearly symbolic and historicist in inspiration, the different elements could be combined to create new compositions. A typology often used by Plecnik for his tomb designs was the small vault surrounded by greenery or delimited by a colonnade. Columns are an element that constantly appears in his funerary architecture, as shown by the tomb for the Vodnik family (1), stonemasons of long standing and Plecnik's frequent collaborators. This tomb consists of a colonnade and a huge capital, in reference to the fine work of these artisans, with, in the interior, an enormous, monolithic tomb with a cover in the form of a cross. Another tomb in which a colonnade also appears is that for the Krakar family (2), realized in conjunction with one of his students, Vinko Lenarcic. A capital also appears in the unusual solution for the Aljancic family tomb (3), in which a large and distinguished capital supports the stele and its inscription. The porch or baldaquin supported by columns is another common feature as, for example, in the tomb for the conservative Slav politician Dr Ivan Susteric (4), commissioned by his friends in 1936 and situated in the cemetery in Zale. The small tomb for the family of Dr Blumauer (6) is less grandiose and consists of a simple cylinder, crowned by a porch,which suggests the idea of the 'tolos' and recalls the design for the vault of Baron Klimburg in the cemetery in Döbbling (Vienna) (7). In the tomb for the bishops and priests of Lubliana (8), spread out along the central avenue of the cemetery, Plecnik uses the crypt as his main element, on top of which a symbolic altar with chalice and monstrance is mounted. Above this, an image of Jesus Christ, stretching forth his hand from the cross, a new iconographic element the architect used on several occasions. The Plecnik family grave (9) is also to be found in the Zale Cemetery, and is made up of three tombs: to the left, that of his brother Janez, a doctor of medicine, consists of a marble slab with a fluted column; in the center, the stele, also of marble, of the tomb of the architect himself; and to the right, hidden among the bushes, a small house-shaped tomb of black granite for the sister of Plecnik and her family. In the tomb for the Kozak family (5), a further symbolic element, the door, appears, its granite frame setting off a sculptural iron cross. Another interesting grave is the collective tomb for the Franciscans of Lubliana (10), noteworthy among which is that of Stanislav Skrabec, set below a large cross also designed by Plecnik.

3

4

5

6

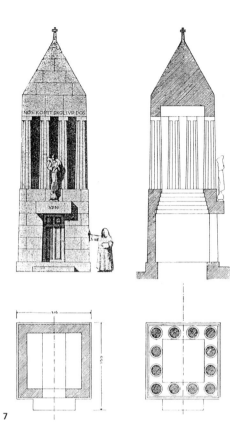

7

8

9

10

Gio Ponti

El panteón Borletti, es una de las obras menores favoritas de Ponti, a la cual él calificó como su primer paso hacia una *architecture d'après l'architecture*. El exterior y el interior del panteón están revestidos de marmol gris mientras que la cripta, al igual que el altar situado en la capilla y la parte superior del panteón, son de travertino. El techo del interior es de mosaico dorado. La fachada principal se compone de dos puertas de bronce rematadas por dos relieves de ángeles en mármol blanco obra del escultor Libero Andreotti.

The Borletti family vault is one of Ponti's favorite minor works, which he himself defined as his first step towards an "architecture d'après l'architecture." The vault's exterior and interior are faced with marble granite, while the crypt, together with the chapel altar and the upper part of the vault, are of travertine. The main facade consists of two bronze doors topped by two white marble reliefs of angels, the work of the sculptor Libero Andreotti.

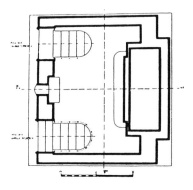
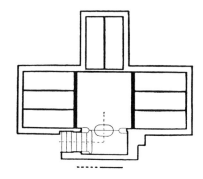

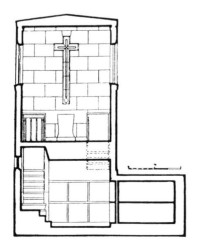

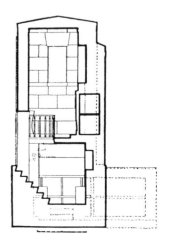

Josep Puig i Cadafalch

El panteón para la familia de Joan Casas, situado en el cementerio de San Feliu de Guixols (Girona), es una de las obras funerarias de Puig i Cadafalch más destacadas. Aquí, la reutilización de elementos propios de la tradición autóctona pone de manifiesto no solamente su erudición y conocimientos históricos de la arquitectura catalana sino también su voluntad de considerarlos elementos actuales. La ornamentada lápida fue realizada en el taller de Masriera y Campins.

Situated in the cemetery of San Feliu de Guixols (Girona), the vault for the family of Joan Casas is one of Puig i Cadalfalch's most notable funerary works. The re-utilization, here, of features belonging to local tradition reveals not only Puig's historical erudition and his knowledge of Catalan architecture, but also his need to think of them as living elements. The ornamental gravestone was created in the workshop of Masriera and Campins.

Aldo Rossi

Por segunda vez en su carrera (la primera fue la ampliación del cementerio de San Cataldo de Modena) Rossi realiza una arquitectura funeraria en la cual se ve obligado a integrar requerimientos funcionales y simbólicos. Esta tumba, que pertenece al fundador de una industria maderera, se compone de un prisma rectangular de ladrillos hechos a mano situado sobre una base de piedra. En la parte superior, fragmentos de una cornisa clásica de mármol nos recuerdan la fugacidad de los estilos arquitectónicos y de la vida, en general. En palabras del propio Rossi: "Es imposible recrear formas antiguas... La vida en sí misma es un fragmento".

For the second time in his career —the first being the extension to the cemetery in San Cataldo de Modena— Rossi created a funerary architecture in which he was obliged to integrate functional and symbolic elements. This tomb, for the founder of the local timber industry, is made up of a rectangular prism of hand-made bricks on a stone base. On the upper part, fragments of a classical marble cornice make us think of the fleeting nature of architectural styles, and of life in general. In Rossi's own words: "It is impossible to recreate old forms... Life is a fragment in itself."

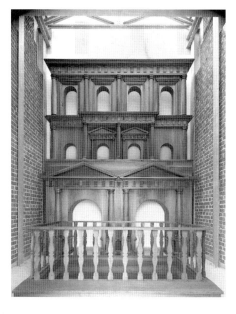

Eliel Saarinen

Saarinen realizó varias arquitecturas funerarias, especialmente durante su etapa en Finlandia, de las cuales prácticamente no se conserva documentación. Entre estas obras destaca la tumba para la familia del industrial Carl Johan Cederberg, situada en el cementerio de Joensuu, de inspiración totalmente romántica. De esta tumba existen dos proyectos. El primer proyecto, no realizado, es de 1908 y se compone de un volumen central de 9 m de altura, de ladrillo, y flanqueado por dos cuerpos de menor altura y realizados en granito. El segundo proyecto, construido entre 1910 y 1911, presenta una configuración distinta, más horizontal. La tumba se compone de un muro de piedra oscura y toscamente pulida a lo largo de cuyo perímetro se sitúan las distintas tumbas con sus correspondientes lápidas, realizadas en el mismo material pulido. En la parte central dos figuras, que asemejan plañideras, presiden el monumento. Originalmente también había vasijas de bronce para las flores.

Saarinen realized a number of works of funerary architecture, especially during his time in Finland, of which almost no documentation remains. Notable among these is the tomb for the family of the industrialist Carl Johan Cederberg in the cemetery in Joensuu, totally Romantic in inspiration. Two designs exist for this tomb. The first, never built, is from 1908 and consists of a central volume of brick, nine meters high, flanked by two bodies of lesser height in granite. The second, constructed between 1910 and 1911, has a different, more horizontal configuration. The tomb consists of a roughly polished wall of dark stone, along whose perimeter the various graves and their corresponding stones, of the same polished material, are situated. Two figures, akin to mourners, preside over the central part of the monument. Originally, there were bronze vases for flowers as well.

Antonio Sant'Elia

La mayoría de los proyectos realizados de Antonio Sant'Elia tienen que ver con la arquitectura funeraria: el cementerio de Monza, la tumba de la familia Caprotti y la de su padre, Luigi Sant'Elia, el cementerio de la Brigata Arezzo en Monfalcone (su propia tumba fue la primera en ocupar este cementerio) y varios proyectos no realizados de tumbas de estilo absolutamente *liberty*. En diciembre de 1913, Sant'Elia recibió el encargo de

realizar una tumba para la familia Caprotti en el cementerio de Monza. Probablemente la elección de la familia Caprotti vino condicionada por el éxito del proyecto de Sant'Elia en el concurso para el cementerio de Monza. El proyecto de la tumba, de inspiración claramente vienesa, incorporaba unos vidrios emplomados, a la manera de Klimt. Finalmente, se construyó una tumba de factura mucho más modesta. La tumba Caprotti fue originalmente construida en el antiguo cementerio de San Gregorio, en Monza, y posteriormente fue trasladada, sin apenas modificarla, al cementerio Monumental de la misma ciudad. El relieve en bronce que preside la tumba fue realizado por el hijo de Caprotti, que era escultor y pintor. Poco tiempo después, Sant'Elia realizó la tumba para su padre aunque, dada la mala situación económica de la familia, se desconoce si el proyecto de Sant'Elia pudo llevarse a cabo.

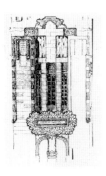

Most of Sant'Elia's built designs have to do with funerary architecture: the Monza Cemetery; the tomb of the Caprotti family; that of his father, Luigi Sant'Elia; the cemetery of the Brigata Arezzo in Monfalcone (his own tomb was the first to occupy this cemetery); and various non-realized tomb designs that are totally 'Liberty' in style. In December 1913 Sant'Elia received a commission to create a tomb for the Caprotti family in the cemetery in Monza. The Caprotti family's choice was probably determined by Sant'Elia's success in the competition for the Cimitero Monumentale. Clearly Viennese in inspiration, the design for the tomb incorporated a number of Klimt-style leaded windows. A much more modest tomb was finally constructed. The Caprotti tomb was originally built in the old cemetery of San Gregorio in Monza and subsequently moved, almost intact, to the Monumental Cemetery in the same town. The bronze relief which presides over the tomb was made by Caprotti's son, a sculptor and painter. Shortly afterwards Sant'Elia created the tomb for his father, although, given the family's precarious economic situation, it is not known if Sant'Elia's design was able to be completed.

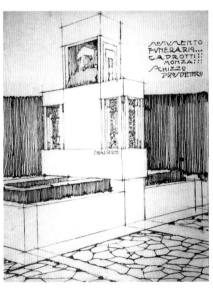

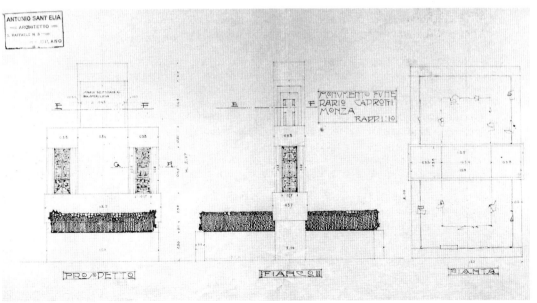

Carlo Scarpa

Desde las primeras tumbas en el cementerio de San Michele de Venecia hasta esta especie de "tratado construido" de la arquitectura *scarpiana* que es la tumba Brion, la arquitectura funeraria de Scarpa evoluciona de forma paralela al resto de su producción arquitectónica. En la tumba Capovilla **(1)** (su segunda intervención en Venecia, la primera fue la actualmente desaparecida tumba Rizzo) tanto su educación artística como la influencia de la representación figurativa típica de la tradición sepulcral italiana son todavía muy evidentes. A su vez, la tumba Veritti **(2)**, realizada en colaboración con A. Masieri, muestra las influencias de la arquitectura oriental filtradas por las enseñanzas de Frank LLoyd Wright. A partir de los años sesenta, la arquitectura funeraria de Scarpa muestra un lenguaje mucho más personal y elaborado: desde las tumbas Lazzari, Zilio **(3)** y Galli **(4)** hasta su obra más compleja, la tumba Brion **(5)**. Proyectada sobre un terreno de 2000 m², esta obra muestra claramente su pensamiento arquitectónico. El terreno donde se encuentra el monumento forma una L en torno al cementerio de San Vito d'Altivole; un muro inclinado hacia el interior delimita el espacio y señala las tres partes más importantes: el estanque con el pabellón situado en el agua, el *arcosolio* (el puente que alberga la tumba de la familia Brion) situado en un ángulo, y la capilla.

From his earliest tombs in the San Michele Cemetery in Venice to that 'built treatise' of Scarpian architecture, the Brion tomb, the funerary architecture of Scarpa develops in parallel to the rest of his architectonic production. In the Capovilla tomb (1) **—his second Venice intervention, the first being the no longer extant Rizzo tomb— both his artistic education and the influence of the figuration typical of the Italian funerary tradition are still evident. On the other hand, the Veritti tomb** (2) **—realized in collaboration with A. Masieri— shows the influence of Oriental architecture, as filtered through the teachings of Frank Lloyd Wright. From the 60s onwards, Scarpa's funerary architecture uses a much more personal and well-elaborated language: extending from the Lazzari, Zilio** (3) **and Galli tombs** (4) **to his most complex work, the Brion tomb** (5)**. Designed over a terrain some 2000 m² in size, this work abundantly illustrates the way he thought architecturally. The plot on which the monument is found forms an L around the San Vito d'Altivole Cemetery; a wall leaning towards the interior delimits the space and emphasizes the three most important elements: the pool and the pavilion on it; the *arcosolio* (the bridge housing the Brion family's tomb) in one corner; and the chapel.**

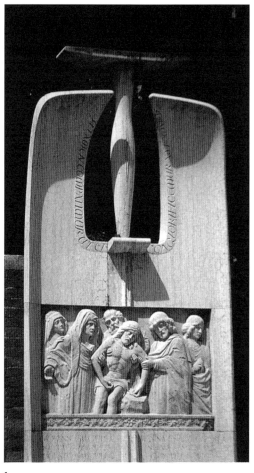

1

2

3

4

Louis Sullivan

La tumba para Martin A. Ryerson **(1)**, uno de los clientes más importantes de Adler &
Sullivan, situada en el cementerio de Graceland (Chicago), combina las formas de la
pirámide y la mastaba egipcias con las de una tienda oriental. El material elegido, los
bloques de granito negro pulido, le confiere un aire al mismo tiempo robusto y eterno.
Muy cercana y en el mismo cementerio, se encuentra situada la tumba para Carrie
Elizabeth Getty **(2)**. De planta cuadrada, el volumen de esta tumba se divide en dos partes
claramente diferenciadas: la parte inferior es de piedra caliza lisa mientras que la parte
superior presenta, en relieve, una estructurada ornamentación de motivos geométricos,
recurso propio de la obra de Sullivan de aquella época. La tumba para Charlotte
Wainwright, situada en el cementerio Bellefontaine de St. Louis (Missouri) y popular-
mente denominada "el Taj Mahal de St. Louis", recuerda la tumba Getty y, al igual que
ésta, presenta motivos de inspiración islámica y bizantina en la ornamentación.

This tomb in Chicago's Graceland Cemetery for Martin A. Ryerson (1)**, one of
Adler & Sullivan's most important clients, combines the forms of the Egyptian
pyramid and mastaba with those of an Oriental tent. The material chosen,
blocks of polished black granite, gives it an air at once robust and eternal.
Nearby, in the same cemetery, is the tomb for Carrie Elizabeth Getty** (2)**. Square
in shape, the volume of this tomb is divided into two clearly differentiated parts:
the lower part is of smooth limestone, while the upper bears, in relief, a struc-
tured ornamentation of geometrical motifs, a feature of Sullivan's work at that
time. The tomb in the Bellefontaine Cemetery in St. Louis (Missouri) for
Charlotte Wainwright, known popularly as 'the Taj Mahal of St. Louis', recalls the
Getty tomb and, like that one, has ornamental motifs of Islamic and Byzantine
inspiration.**

1

Max Taut

Max Taut, hermano de Bruno Taut y fundador junto a éste y a Walter Gropius del grupo Berlin Arbeitsrat für Kunst y miembro de Der Ring, proyectó la tumba Wissinger en 1923. Situada en el cementerio Stahnsdorf, cerca de Berlín, la tumba es un claro monumento expresionista, más inspirada en las técnicas pictóricas cubistas que en motivos puramente arquitectónicos. La tumba está realizada en hormigón y consiste en una serie de soportes escultóricos de carácter antropomorfo enlazados mediante arcos apuntados que componen una arcada abierta. Esta tumba fue restaurada a finales de la década de los ochenta por el arquitecto berlinés Christoph Fischer.

Max Taut, brother of Bruno Taut and joint founder, with the latter and Walter Gropius, of the Berlin group Arbeitsrat für Kunst, and a member of Der Ring, designed the Wissinger tomb in 1923. Situated in the Stahnsdorf Cemetery near Berlin, this tomb is a truly Expressionist monument, inspired more by Cubist pictorial techniques than by purely architectonic motifs. The tomb is made of concrete and consists of a series of sculpted supports of an anthropomorphic kind interconnected by pointed arches which go to form an open arcade. The tomb was restored at the end of the 80s by the Berlin architect Christoph Fischer.

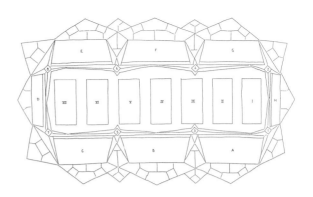

Giuseppe Terragni

Terragni utilizaba sus proyectos de tumbas como laboratorio para sus ideas tal y como demuestran el gran número de bocetos que produjo para estos proyectos. En su primera tumba, el panteón Ortelli **(1)** situado en el cementerio Monumental de Cernobbio, planteará por vez primera un tema sobre el cual indagará en sus encargos posteriores para edificaciones funerarias: el tema del doble continente, el interior sagrado y el de la envolvente. En el interior, la lápida de la tumba está situada bajo un bajorrelieve de mármol

blanco que representa la resurrección y se cierra con la pared curva que recoge la luz exterior que pasa a través de la losa de ónice cenital e ilumina con un tono dorado el interior. Las tumbas Pirovano **(2)** y Stecchini **(3)** fueron más o menos proyectadas en el mismo periodo, y son variaciones sobre el mismo tema, siendo una un poco más historicista y la otra más moderna. Colocadas en el área central izquierda del cementerio Monumental de Como, están dispuestas una frente a la otra, y presentan una equivalencia dimensional debida a las condiciones de la parcela. En ambas, es evidente la utilización de un lenguaje que revisita el clasicismo y que mediante la abstracción del propio lenguaje se adentra en la forma simbólica. El proyecto para la tumba Mambretti (no realizada) **(4)** muestra una tumba "moderna" construida con elementos compositivos más abstractos. Terragni reelabora el tema del doble continente y desarrolla la idea de un recorrido místico fluido mediante la utilización de rampas en espiral. El desparecido monumento a Roberto Sarfatti **(5)**, erigido en 1935 en el Col d'Echele, (lugar donde falleció Sarfatti) y colocado en el paisaje de la Gran Guerra, tiene el carácter absoluto de una obra ancestral y primitiva. La escalera, de naturaleza simbólica pero también elemento compositivo principal, conduce desde la cota del terreno hasta la sobreelevación del monumento. Este monolito por el cual se asciende, esta especie de altar al descubierto nos recuerda el sacrificio que conlleva tamaño gesto heroico individual. Al rigor de la composición se contrapone la rudeza de la piedra blanca de Asiago cincelada.

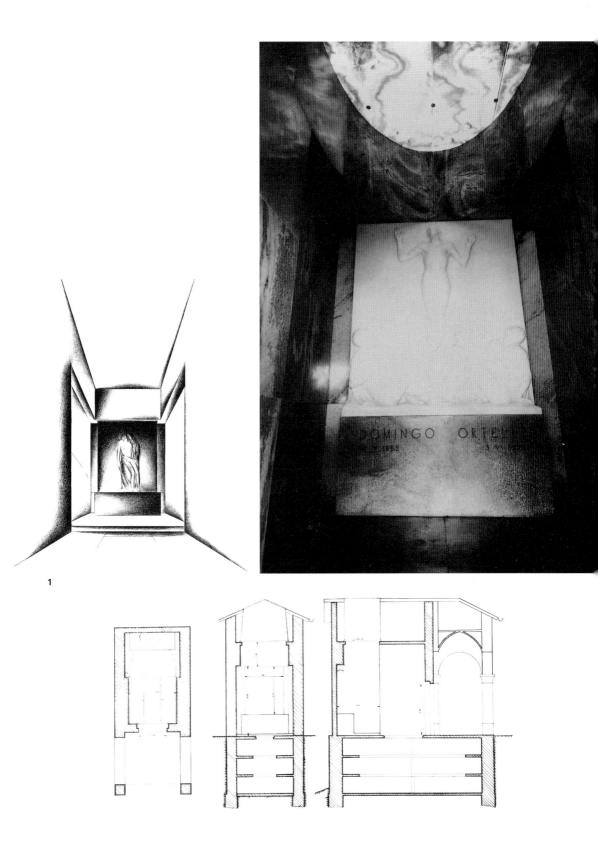

1

DOMINGO ORTE...

Terragni used his tomb designs as a testing-ground for his ideas, as the vast number of sketches he produced for these projects shows. In his first tomb, the Ortelli family vault (1) in Cernobbio's Cimitero Monumentale, he was to inaugurate a theme investigated in his later commissions for funerary buildings: that of the twin container, the sacred interior and the outer skin. Inside, the tombstone is located beneath a white marble low relief representing the Resurrection, and is enclosed by a curved wall that picks up the light which enters through the overhead onyx slab and gilds the interior. The Pirovani (2) and Stecchini tombs (3), in the Cimitero Monumentale in Como, were more or less designed at the same time, and are variations on the same theme - one being slightly more historicist and the other more modern. Located to the left of the cemetery's central area, they face each other and, given the stringencies of the plot, are of the same size. The use is evident in both of a language which draws on classicism and, by abstracting this, arrives at symbolic form. The design for the Mambretti tomb (unbuilt) (4) depicts a 'modern' tomb made up of more abstract compositional elements. Terragni re-elaborates the theme of the twin container and develops the idea of a mystical, fluid enclosure through the use of ramps and a spiral layout. The no-longer extant monument to Roberto Sarfatti (5), erected in 1935 in the Col d'Echele —the place where Sarfatti died— and set in the landscape of the Great War, has all the marks of an ancient, primitive work. A flight of steps, symbolic in nature but also the main compositional element, extends from ground level to the upper elevation of the monument. This monolith one ascends, this open-air altar of a kind, reminds us of the sacrifice such an individual heroic gesture entails. The rigor of the composition is counterbalanced by the plainness of the chiselled, white Asiago stone.

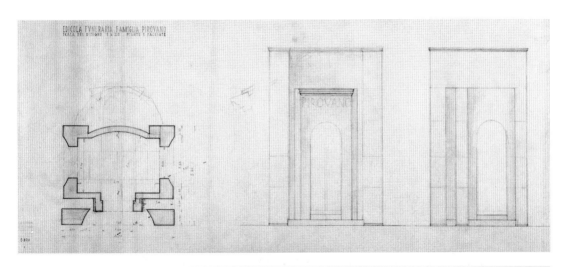

2

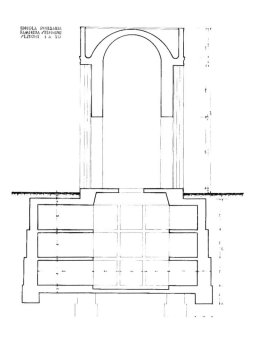

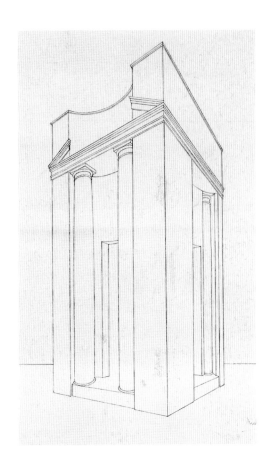

147

4

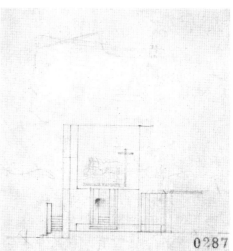

0287

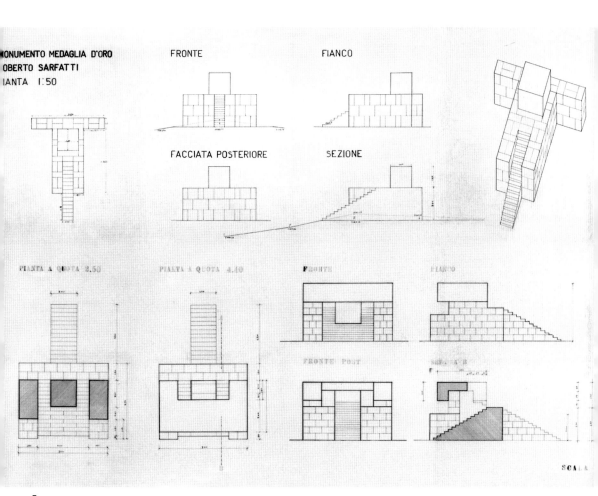

MONUMENTO MEDAGLIA D'ORO
OBERTO SARFATTI
PIANTA 1:50

FRONTE

FIANCO

FACCIATA POSTERIORE

SEZIONE

PIANTA A QUOTA 2,50

PIANTA A QUOTA 4,40

FRONTE

FIANCO

FRONTE POST.

SEZ. A-B

SCALA

5

Francesco Venezia

La tumba asemeja una columna: una entrada flanqueada por una serie de nichos apilados y coronada por una cubierta ligeramente separada. El panteón es de hormigón armado y la cubierta, a cuatro aguas, es de acero. Una segunda cubierta, a doble vertiente, situada en un nivel inferior, define la abertura superior. La necesidad de una doble ventilación en la parte superior de la tumba permite la introducción de la luz natural en el interior. La presencia y el movimiento cambiante de la luz dentro de la tumba adquire un valor simbólico: la tumba se transfigura según la hora del día y la estación del año. En contraste con esta sensación etérea, la parte inferior nos remite a un sentimiento de pertenencia terrestre: el reducido espacio entre las dos columnas de nichos está pavimentado con piedras en *opus incertum*.

This tomb has something of the column about it: an entrance flanked by a series of piled-up niches and crowned by a slightly separated roof. The vault is of reinforced concrete and the hip roof of steel. A second ridge roof, set at a lower level, defines the upper opening. The need for double ventilation openings in the upper section of the tomb enables light to enter the interior. The presence and varying position of the light inside the tomb acquires a symbolic value: the tomb is transfigured according to the time of day and the season. In contrast to this ethereal sensation, the lower section gives us the feeling of being bound to the earth: the reduced space between the two rows of niches is paved with stones in *opus incertum*.

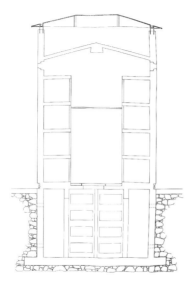

Otto Wagner

La tumba familiar, en la cual también está enterrado el propio arquitecto, fue realizada en 1894 y se compone de cuatro columnas de mármol que sostienen un baldaquino de hierro de idéntica ornamentación que la reja que delimita el espacio de la tumba. Realizada a continuación de su propia vivienda y el mismo año en que realizó el plan de transporte metropolitano para su ciudad, esta obra todavía se inscribe en su periodo más "clásico" previo a la adhesión al *art nouveau*.

This family tomb, in which the architect himself is buried, was built in 1894 and consists of four marble columns supporting an iron baldaquin identical in ornamentation to the railings which delimit the space of the tomb. Realized immediately after his own house, and in the same year as his city transport plan, this work still belongs to Wagner's more 'classical' period, prior to his adhesion to Art Nouveau.

Anderson Wilhelmson

Esta tumba para la familia Ciula en Viterbo (Italia), inspirada en la luz nórdica, fue encargada al arquitecto tras una visita estival al cabo Norte. Situada al final de una avenida del cementerio, se accede al interior del bloque rectangular revestido de travertino a través de una estrecha abertura. Dentro, el espacio circular de aproximadamente un 1 m de diámetro, se configura mediante una serie de círculos concéntricos que recogen y encierran la luz natural.

Inspired by the light of northern climes, this tomb for the Ciula family in Viterbo (Italy) was commissioned from the architect after a summer visit to Nordkapp. Situated at the end of a cemetery avenue, the interior of the travertine-faced rectangular block is reached through a narrow opening. Inside, the circular space, approximately 1 meter in diameter, is made up of a series of concentric circles which pick up and hold the natural light.

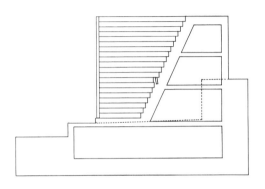

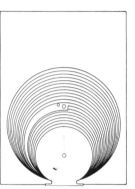

Créditos **Credits**

ALVAR AALTO
- Tumba de Usko Nyström en el nuevo cementerio de Helsinki, 1928-1930. Tumba nº 468, sección 6
  Usko Nyström's grave in Helsinki New Cemetery, 1928-1930. Grave nº468, section 6
- Tumba de Ahto Virtanen en el cementerio Hietaniemi de Helsinki, 1937
  Ahto Virtanen's grave in Hietanemi Cemetery, Helsinki, 1937
- Tumba del arquitecto Uno Ullberg en el cementerio Hietaniemi de Helsinki, 1944. Sección 12B
  Architect Uno Ullberg's grave in Hietanemi Cemetery, Helsinki, 1944. Section 12B
- Tumba del arquitecto Erik Bryggman en Turku, proyecto, 1960
  Architect's Erik Brygman grave in Turku, project, 1960
- Tumba del Alvar Aalto, cementerio Hietanemi, Helsinki, 1976
  Alvar Aalto's grave, Hietanemi Cemetery, Helsinki, 1976
  Dibujos/Drawings: Fundación Alvar Aalto/
  Alvar Aalto Foundation
  Fotografías/Photographs: Museo de Arquitectura Finlandesa/**Museum of Finnish Architecture**

UMBERTO ALESI/STEFANO BIDETTI/ FRANCESCO DEFILIPPIS/LUCA LABATE
- Panteón en Rutigliano (Bari), 1994-1995
  Family vault in Rutigliano (Bari), 1994-1995
  Fotografías/Photographs: Ezio Marzulli, Bari

ANTONIO ARMESTO/CARLES MARTí
- Tumba A.R. en el Cementerio Antiguo de Sitges (Barcelona), 1991
  A.R. tomb in Sitges Old Cemetery (Barcelona), 1991
  Fotografías/Photographs: Quim Padró

GUNNAR ASPLUND
- Panteón de la familia del príncipe Oscar Bernadotte. Sector norte, Estocolmo, 1921
  Prince Oscar Bernadotte's family vault. North Sector, Stockholm Cemetery, 1921
- Panteón de la familia del almirante Ankarcrona. Sector norte, Estocolmo, 1924-1925
  Admiral Ankrcrona's family vault. North Sector, Stockholm Cemetery, 1924-1925
- Panteón de la familia del secretario de estado Hjalmar Retting. Sector norte, Estocolmo, 1926-1928
  Secretary of State Hjalmar Rettig's family vault. North Sector, Stockholm Cemetery, 1926-1928
  Fotografías/Photographs: Arkitekturmuseet, Stockholm

BBPR
(Lodovico Barbiano Belgioioso, Enrico Peressutti, Ernesto Nathan Rogers)
- Tumba Pasquinelli, cementerio Monumental, Milán
  Pasquinelli tomb, Monumental Cemetery, Milano

PATRICK BERGER
- Tumba de Jean Lambert Tallien, cementerio Père Lachaise, París, 1989
  Jean Lambert Tallien's grave, Père Lachaise Cemetery, Paris, 1989
  Arquitecto asociado/**Associated architect:** Laurence Feveile
  Fotografías/**Photographs:** Jean-Yves Cousseau

MARIO BOTTA
- Tumba Ruppen, Lugano, 1987
  Ruppen tomb, Lugano, 1987
- Tumba Hernaus, Lugano 1990-1991
  Hernaus grave, Lugano, 1990-1991
  Fotografías/**Photographs:** Pino Musi

NICHOLAS BOYARSKI & NICOLA MURPHY
- Tumba de vidrio para Alvin y Elizabeth Boyarski, cementerio liberal judío, Willesden, Londres, 1993
  Glass tombstone for Alvin and Elizabeth Boyarski, Liberal Jewish Cemetery, Willesden, North London, 1993
  Asesores:
  Ingenieros: Tim Macfarlane, Dewhirst Macfarlane, Londres.
  Vidrio: Vlastamil Beranek, Skrdlovice, República de Checoslovaquia
  Base de ferrocemento: Alain Chiaradia, Londres
  Consultants:
  Engineers: Tim Macfarlane, Dewhirst Macfarlane, London
  Glass casting: Vlastamil Bernaek, Skdlovice, Czech Republic
  Ferro-cement base. Alain Chiaradia, London
  Fotografías/**Photographs:** Helene Binet

WIM CUYVERS
- Tumba para Georges Cuyvers, Berkenlaan, Eksel, Bélgica, 1993
  Georges Cuyvers grave, Berkenlaan, Eksel, Belgium, 1993

IGNAZIO GARDELLA
- Capilla Pirovano, Missaglia, 1942
  Pirovano tomb, Missaglia, 1942
- Tumba Nuvolari, Goito, 1962
  Nuvolari tomb, Goito, 1962
- Panteón Venini, Arenzano, Génova, s.f.
  Venini tomb, Arenzano, Genoa
  Fotografías/**Photographs:** Studio fotografico Merlo, Génova

TONY GARNIER
- Tumba Garnier, cementerio de la Croix-Rousse, Lyon, 1937
  Garnier tomb, Croix-Rousse Cemetery, Lyons, 1937

- Tumba Jancert, cementerio de Caluire-et-Cuire, Lyon, 1940
  Jancert grave, Caluire-et-Cuire Cemetery, Lyons, 1940
  Fotografías/Photographs: Eulàlia Coma

WALTER GROPIUS
- Tumba Albert Mendel, Cementerio de la comunidad judía, Berlín-Weissense, 1923. Parcela P4, tumba n° 3205
  Albert Mendel tomb, Jewish Community Cemetery, Berlin-Weissense, 1923. Plot P4, Grave 3205
- Tumba Pauline Reis, Cementerio judío, Meiningen, 1924
  Pauline Reis tomb, Jewish Cemetery, Meiningen, 1924
- Tumba Erwin Bienert, cementerio de Dresden-Plauen, 1931
  Erwin Bienert grave, Dresden-Plauen Cemetery, 1931
  Fotografías/Photographs: Bauhaus Archiv, Berlín, Bauhaus-Universität, Weimar

HECTOR GUIMARD
- Tumba para Alfred Solvay, cementerio de Ixelles (Bruselas), 1894. En 1924 fue reubicada y modificada por el propio Horta
  Tomb for Alfred Solvay, Ixelles Cemetery (Brussels), 1894. Moved in 1924 and modified by Horta himself
- Tumba para la familia Stern, cementerio de Uccle Dieweg (Bruselas), 1896
  Tomb for the Stern family, Uccle Dieweg Cemetery (Brussels), 1896
- Tumba para la familia Cressonières, cementerio de Molenbeek-Saint Jean (Bruselas), 1897
  Tomb for the Cressonières family, Molenbeek-Saint Jean Cemetery (Brussels), 1897
- Tumba para la familia Verheven, cementerio de Evère-rue de l'Arbre-Unique (Bruselas), 1911
  Tomb for the Verheven family, Evère-rue de l'Arbre-Unique Cemetery (Brussels), 1911
  Fotografías/Photographs: Gilbert de Keyser
  © Musée Horta, Saint-Gilles (Bruselas/Brussels)

JOSEF HOFFMANN
- Tumba de Carl Hochstetter (actualmente tumba de la familia Resch-Reichel), cementerio de Grinzinger, Viena, c. 1900
  Carl Hochstetter tomb (now the Resch-Reichel family tomb), Grinzinger Cemetery, Vienna, c. 1900
- Tumba de la familia Wittgenstein, cementerio central, Viena, 1904?
  Wittgenstein family tomb, Central Cemetery, Vienna, 1904?
- Tumba Gustav Mahler, cementerio Grinzinger, Viena, 1911
  Gustav Mahler tomb, Grinzinger Cemetery, Vienna, 1911
- Tumba Zuckerland, cementerio Döblinger, Viena, 1911
  Zuckerland tomb, Döblinger Cemetery, Vienna, 1911

- Tumba Knips, cementerio Hietzing, Viena, 1919
  Knips tomb, Hietzing Cemetery, Vienna, 1919
- Tumba Bernatzik, cementerio Heiligenstädter, Viena, 1920
  Bernatzik tomb, Heiligenstädter Cemetery, Vienna, 1920
- Tumba Eduard Ast, cementerio Heiligenstädter, Viena, 1923
  Eduard Ast tomb, Heiligenstädter Cemetery, Vienna, 1923
  Fotografías/Photographs: Dr. Wilfried Vas

VICTOR HORTA
- Tumba de Victor Rose, cementerio de Batignolles, París, 1892
  Victor Rose tomb, Batignolles Cemetery, Paris, 1892
- Tumba de la familia Devos Logie, cementerio de Gonards, Versalles, 1895
  Devos Logie family tomb, Gonards Cemetery, Versailles, 1895
- Tumba de la señora Rouchdy Bey Pachá, cementerio de Gonards, Versalles, 1895
  Mme Rouchdy Bey Pachá tomb, Gonards Cemetery, Versailles, 1895
- Tumba para las familias Giron, Mirel y Gaillard, cementerio de Montparnasse, 1895
  Tomb for the Giron, Mirel and Gaillard families, Montparnasse Cemetery, Paris, 1895
- Tumba de la familia Obry Jassedé, cementerio de Issy-les-Moulineaux, París, 1895
  Obry Jassadé family tomb, Issy-les-Moulineaux, Paris, 1895
- Tumba de la familia Caillat, cementerio de Père Lachaise, París, 1899
  Caillat family tomb, Père-Lachaise Cemetery, Paris, 1899
- Tumba de Charles Deon Levent, cementerio de Auteuil, París, 1912
  Charles Deon Levent tomb, Auteuil Cemetery, Paris, 1912
- Tumba de Albert Adès, cementerio de Montparnasse, París, 1922
  Albert Adès tomb, Montparnasse Cemetery, Paris, 1922
  Fotografías/Photographs: Felipe Ferré, París

ARATA ISOZAKI
- Tumba para Luigi Nono, Venecia, Italia, 1993-1994
  Luigi Nono's grave, Venice, Italy, 1993-1994
  Fotografías/Photographs: Eulàlia Coma, Ryuji Miyamoto

RENÉ LALIQUE
- Tumba de Catalina Lasa, cementerio Cristobal Colón, La Habana, Cuba, 1936
  Catalina Lasa tomb, Cristobal Colón Cemetery, Havana, Cuba, 1936
  Fotografías/Photographs: Cathy Leff, Raúl Rodríguez

Estas fotos fueron publicadas por primera vez en el número monográfico dedicado a Cuba de *The Journal of Decorative and Propaganda Arts* publicado en 1996 por la Wolfson Foundation of Decorative and Propaganda Arts de Miami, Florida. El texto está extraído del artículo publicado en el mismo número por Lohania Aruca sobre el cementerio Cristobal Colón de La Habana.

These images first appeared in the Cuba Issue of *The Journal of Decorative and Propaganda Arts* published in 1996 by the Wolfson Foundation of Decorative and Propaganda Arts, Miami, Florida. The text is an extract from the article on the Cristobal Colón Cemetery published in the same issue by Lohania Aruca.

LE CORBUSIER
• Tumba de Le Corbusier y su esposa Yvonne, cementerio de Roquebrune, Cap Martin, Francia, 1957
Grave of Le Corbusier and his wife Yvonne, Roquebrune Cemetery, Cap Martin, France, 1957
Fotografías/Photographs: Quim Padró
Dibujos/Drawings: Fondation Le Corbusier/VEGAP

SIGURD LEWERENTZ
• Panteón Malmström, Cementerio del Norte, Estocolmo, 1921-1930
Malmström mausoleum, North Cemetery, Stockholm, 1921-1930
• Tumba Bergen, isla de Utterö, Suecia, 1929-1931
Bergen grave, Utterö Island, Sweden, 1929-1931
Fotografías/Photographs: Fabio Galli
Dibujos/Drawings: Arkitekturmuseet, Estocolmo

ADOLF LOOS
• Tumba de Peter Altenberg, cementerio Central, Viena, 1919
Peter Altenberg grave, Central Cemetery, Vienna, 1919
• Mausoleo para Max Dvorák, 1921 (proyecto)
Max Dvorák mausoleum, 1921 (project)
• Tumba de Adolf Loos, cementerio Central, Viena, 1931
Adolf Loos tomb, Central Cemetery, Vienna, 1931
Fotografías/Photographs: Dr. Wilfried Vas, Christian Brandstätter

SIR EDWIN LUTYENS
• Mausoleo Philipson, Golders Green Crematorium, Londres, 1914
Philipson Mausoleum, Golders Green Crematorium, London, 1914
Fotografías/Photographs: Christopher Watson
Dibujo/Drawing: Royal Institute of British Architects

JOSEP LLINÀS
• Panteón familiar, cementerio de Masnou (Barcelona), 1981-1982
Family mausoleum, Masnou Cemetery (Barcelona), 1981-1982
Fotografías/Photographs: Julio Cunill/CB Foto

CHARLES R. MACKINTOSH
• Tumba de Alexander McCall, cementerio de Glasgow, 1888 (restaurada en 1991)
Alexander McCall Memorial, Glasgow Cemetery, 1888 (restored in 1991)
• Tumba Reid, cementerio de Kilmacolm, 1898 (restaurada en 1995)
Reid gravestone, Kilmacolm Cemetery, 1898 (restored in 1995)
• Tumba del reverendo Alexander Orrock Johnston, cementerio de East Wemyss (Fife, Escocia), 1905-1906, modificada
Alexander Orrock Johnston gravestone, East Wemyss Cemetery (Fife, Scotland), 1905-1906, altered
Fotografías/Photographs: George I. Grant, Glasgow
Dibujo/Drawing: Strathclyde University Archives

CHRISTOS PAPOULIAS
• Tumba en el cementerio de Levadia, Grecia, 1991
Gravestone in the cemetery of Levadia, Greece, 1991
Fotografías/Photographs: Alexei Dallas

DOMINGO PEÑAFIEL
• Panteón de la familia Philips-Sáenz, Cementerio General, Santiago de Chile, 1994
Family Philips-Sáenz mausoleum, General Cemetery, Santiago de Chile, 1994
Arquitectos asociados/Associate architects: Andrés Cox D., Florentino Toro M.
Arquitectos colaboradores/Collaborating architects: Juan Ignacio López S., Bernard Nöel M., Gonzalo Toro L.
Fotografías/Photographs: Juan Purcell M.

MARCELLO PIACENTINI
• Proyecto de mausoleo "para un conocido millonario americano", Nueva York, 1909. Con la colaboración de Angelo Zanelli. El dibujo y las fotografías pertenecen al libro de Arianna Sara de Rose *Marcello Piacentini. Opere 1903-1926*, F. Cosimo Panini, Módena, 1995
Mausoleum design "for a well-known American millionaire", New York, 1909. In collaboration with Angelo Zanelli. The drawing and photos are from Arianna Sara de Rose's book *Marcello Piacentini. Opere 1903-1926* (F. Cosimo Panini, Modena, 1995)

PINO PIZZIGONI
- Tumba Baj, Bérgamo, 1947
  Baj tomb, Bergamo, 1947
- Tumba Brandolisio, Bérgamo, 1966
  Brandolisio tomb, Bergamo, 1966
Fotografías y dibujos/Photographs & Drawings:
Archivio Pizzigoni, Bergamo

JOSEF PLECNIK
- Panteón Klimburg, cementerio de Döbbling, Viena, 1907
  Klimburg family vault, Döbbling Cemetery, Vienna, 1907
- Tumba colectiva para los franciscanos de Lubliana, cementerio de Zale, 1925-1927
  Combined tomb for the Franciscans of Lubliana, Zale Cemetery, 1925-1927
- Tumba para la familia Krakar, cementerio de Zale, Lubliana, 1928
  Krakar family tomb, Zale Cemetery, Lubliana, 1928
- Tumba de la familia Kozak, cementerio de Zale, Lubliana, c. 1930
  Kozak family tomb, Zale Cemetery, Lubliana, c. 1930
- Tumba del doctor Ivan Sustersic, cementerio de Zale, Lubliana, 1936
  Tomb for Dr Ivan Sustersic, Zale Cemetery, Lubliana, 1936
- Tumba para los obispos y sacerdotes de Lubliana, cementerio de Zale, 1936
  Tomb for the bishops and priests of Lubliana, Zale Cemetery, 1936
- Panteón de la familia Vodnik, cementerio de Zale, Lubliana, 1939-1940
  Vodnik family vault, Zale Cemetery, Lubliana, 1939-1940
- Tumba de Iván y Ana Terezina Aljancic, cementerio de Zale, Lubliana, 1941
  Tomb for Ivan and Ana Terezina Aljancic, Zale Cemetery, Lubliana, 1941
- Panteón del doctor Robert Blumauer, cementerio de Zale, Lubliana, 1941
  Dr Robert Blumauer family vault, Zale Cemetery, Lubliana, 1941
- Tumba de la familia Plecnik, cementerio de Zale, Lubliana, 1929-1940
  Plecnik family tomb, Zale Cemetery, Lubliana, 1929-1940
Fotografías/Photographs: Dr. Peter Krecic, Lubliana

GIO PONTI
- Panteón Borletti, cementerio Monumental de Milán, 1931
  Borletti family vault, Monumental Cemetery, Milan, 1931
Fotografías/Photographs: Archivio Gio Ponti, Milano

JOSEP PUIG I CADAFALCH
- Tumba para la familia de Joan Casas, cementerio de San Feliu de Guíxols, 1898
  Tomb for the Joan Casas family, San Feliu de Guíxols Cemetery, 1898
Fotografías/Photographs: Quim Padró

ALDO ROSSI
- Panteón en el cementerio de Guissano, 1987
  Funerary chapel in Guissano Cemetery, 1987
Fotografías/Photographs: Palladium Photodesign/ Barbara Burg-Oliver Schuh

ELIEL SAARINEN
- Tumba para la familia Cederberg, cementerio de Joensuu (Finlandia), 1911
  Tomb for the Cederberg family, Joensuu Cemetery, Finland, 1911
Fotografías/Photographs: Pohjois-Karjalan Museo, Joensuu
Dibujos/Drawings: Museo de Arquitectura Finlandesa/ Museum of Finnish Architecture, Helsinki

ANTONIO SANT'ELIA
- Tumba para la familia Caprotti, cementerio Monumental de Monza, 1913
  Tomb for the Caprotti family, Monumental Cemetery, Monza, 1913
Fotografías/Photographs: Mónica Gili
Dibujos/Drawings: Musei Civici di Como

CARLO SCARPA
- Tumba para Vettore Rizzo (desaparecida), cementerio de San Michele, Venecia, 1940-1941
  Tomb for Vettore Rizzo (demolished), San Michele Cemetery, Venice, 1940-1941
- Tumba para la familia Capovilla, cementerio de San Michele, Venecia, 1943-1944
  Tomb for the Capovilla family, San Michele Cemetery, Venice, 1943-1944
- Tumba Veritti (con A. Masieri), cementerio de San Vito, Udine, 1951
  Veritti tomb (with A. Masieri), San Vito Cemetery, Udine, 1951
- Tumba Lazzari, cementerio de Quero, 1960
  Lazzari tomb, Quero Cemetery, 1960
- Tumba Zilio, cementerio de San Vito, Udine, 1960
  Zilio tomb, San Vito Cemetery, Udine, 1960
- Tumba monumental Brion (con G. Pietropoli, C. Maschietto), cementerio de San Vito d'Altivole, 1969-1978
  Brion monumental tomb (with G. Pietropoli, C. Maschietto), San Vito d'Altivole Cemetery, 1969-1978

Fotografías/Photographs: Las fotografías de la tumba Brion son de Yuichi Suzuki. Las restantes fotografías han sido extraídas del libro de Sergio Los, *Carlo Scarpa, guida all'architettura*
The photos of the Brion tomb are by Yuichi Suzuki. The remaining photos come from Sergio Los' book *Carlo Scarpa, guida all'architettura*

LOUIS SULLIVAN
• Tumba para Martin Ryerson, cementerio Graceland, Chicago, 1887
Tomb for Martin Ryerson, Graceland Cemetery, Chicago, 1887
• Tumba Getty, cementerio Graceland, Chicago, 1890
Getty tomb, Graceland Cemetery, Chicago, 1890
• Tumba para Charlotte Dickson Wainwright, cementerio de Bellenfontaine, St. Louis, 1892
Tomb for Charlotte Dickson Wainwright, Bellefontaine Cemetery, St. Louis, 1892
Fotografías/Photographs: Carmen Hernández Bordas

MAX TAUT
• Tumba de la familia Wissinger, Stahnsdorf, cerca de Berlín, 1920
Wissinger family tomb, Stahnsdorf, near Berlin, 1920
Fotografías/Photographs: Sibylle Einholz
Planta realizada por/Plan by: Atelier Chr. Fischer, 1987

GIUSEPPE TERRAGNI
• Tumba Ortelli, cementerio de Cernobbio (Como), 1929
Ortelli tomb, Cernobbio Cemetery, Como, 1929
• Panteón Pirovano, cementerio Monumental de Como, 1928, 1930-1931
Pirovani family vault, Monumental Cemetery, Como, 1928, 1930-1931
• Panteón Stecchini, cementerio Monumental de Como, 1930-1931
Stecchini family vault, Monumental Cemetery, Como, 1930-1931
• Monumento a Roberto Sarfatti, Col d'Echele (desaparecido), 1934-1935
Monument to Roberto Sarfatti, Col d'Echele (demolished), 1934-1935
• Tumba Mambretti (no realizada), 1936-1938
Mambretti tomb (never built), 1936-1938
Fotografías/Photographs: Archivio Giuseppe Terragni/Fondazione Giuseppe Terragni, Como

FRANCESCO VENEZIA
• Capilla funeraria en Trapani, Sicilia, 1992
Funerary chapel in Trapani, Sicily, 1992

OTTO WAGNER
• Tumba de la familia Wagner, cementerio Hietzinger, Viena, 1894
Wagner family tomb, Hietzinger Cemetery, Vienna, 1894
Fotografías/Photographs: Dr. Wilfried Vas

ANDERSON WILHELMSON
• Panteón para la familia Ciula, Viterbo, 1990s
Vault for the Ciula family, Viterbo, 1990s